君が見たのは誰の夢?

Whose Dream Did You See?

森 博嗣

JN041471

講談社
タイガ

[カバー写真]
Jeanloup Sieff
© The Estate of Jeanloup Sieff / G.I.P. Tokyo
[カバーデザイン]
鈴木成一デザイン室

目次

Whose Dream Did You See?

by

MORI Hiroshi

2023

君が見たのは誰の夢?

地上に足跡を印《しる》したあまたの生物のなかで、月を見る習慣を持ったのはヒトザルが最初だった。覚えてはいないが、小さなころ〈月を見るもの〉は、山々の背にのぼる青白い顔を見て手を上げ、それにさわろうとしたものである。

（2001：A SPACE ODYSSEY／Arthur C.Clarke）

登場人物

グアト ---------------------------------- 楽器職人
ロジ -- 技師
シマモト -------------------------------- 情報局員
クジ -- 研究者
オーロラ -------------------------------- 人工知能
ケン・ヨウ -------------------------------- 元組員
クラーラ ---------------------------------- 解析者
セリン ----------------------------------- 情報局員
ペネラピ --------------------------------- 情報局員
クラリス ---------------------------- トランスファ
スズコ ------------------------------------ 研究者

プロローグ

久しぶりに日本に帰ってきた。といっても、それは頭の中に地球儀を思い浮かべたうえで自分の現在位置を示すポインタを意図して立てた、そんな瞬間的な心象にすぎない。イヴァーチャルの世界が、地球の地下に実在しているとする妄想と大差はないだろう。イメージというのは人それぞれだから、どのように捻《ね》じ曲《ま》げて思い描いても、本人がこっそりリアルを修正して帳尻《ちょうじり》を合わせているのだ。

かつては、海上の航路が、国と国を結ぶ道だった。いつしかそれが、空路になった。さらに、海中を走る潜水客船や、地中のトンネルで結ぶ真空鉄道なども実用化して、既に久しい。しかし近年では、人々はそういった地理的移動の衝動から消極的ながら撤退したといっても良い。もちろんそれは、エネルギィ的に考えても、収支が見合わないことが明らかだったからだ。肉体を運んで遠方へ赴いても、大した体験ができるわけでもない。もっと刺激的でしかも効率の良い電子情報に構築された体験に比べて、あまりにも貧弱で退屈な現実が、自然生態と異常な気候からは適度な距離を取り、昔から相変わらず鈍重に存在し続けているだけのこと。誰もが知っている「世界」は、今ではほとんど眠っているような大人しい生き物になってしまった。冷凍されてはいないけれど、単に「生きている」だけの価値しか残されていない。

活発に蠢《うごめ》いているのは、信号というウィルスに近い存在のみである。

実際、はるばる生まれた国へ帰ってきても、これといった感慨は皆無《かいむ》だった。月で半年ほど暮らしたら、地球への帰還、つまりこの大地に立つことに多少はそれらしい思いを抱くのかもしれないけれど、地球上の陸地は、ほとんどどこも同じ重力加速度だし、また、主要国の大気は屋内において万国共通の組成と条件にコントロールされている。どこもかしこも、まるで変わらない。

それよりも、短い期間だったが以前に仕事をしていた施設に足を踏み入れたことの方が、僕には密《ひそ》かなインパクトを与えたようだ。それは、単純に「懐《なつ》かしさ」といった言葉で簡単に片づけられるようなものでもなかった。すぐには思い出せなかったことが、視覚に刺激されてしだいに蘇《よみがえ》った。

そういえば、自分は当時そんなことを考えていたのだ、こんなふうにしようと思っていたのだ、と溜息《ためいき》とともに醒覚《せいかく》される。たまには、このような自然発生的な「回顧」が必要なのかもしれないな、長い人生において、そうだ……、人間の頭脳には、少々長すぎる人生なのだから、ときどきこのような整理みたいな時間が必要なのだろう、と思えた。

ロジは、定期健康診断を受けるために情報局本部ニュークリアの近くの病院に入院している。三カ月くらいまえに、彼女はドイツで検査を受けた。そのときに、ちょっとした不具合が見つかったらしい。「ちょっとした不具合」という表現は、彼女自身が僕に話した言葉のとおりである。大きな不具合との違いは、具体的に語るまでもない、という意志が含まれている点だろう。

人間の躰《からだ》も機械と同じく、メンテナンスが必要である。でも僕自身は、ここ十年ほどは受診していない。どこにも自覚される不具合はないからだ。もちろん、彼女の場合も明らかな不調があったわけではないが、僕よりはずっと過酷な運動をしている履歴《りれき》があるので、メカニカルな疲労が蓄積していることだろう、と想像した。

ニュークリアは、大部分が地下にある建物だ。現在の僕の身分で許可されているエリアをぶらぶらと歩いたものの、知った顔に出会うようなことはなかった。もともと知った顔の数が少ないし、局員は頻繁《ひんぱん》に顔を変えるのが普通だから、会っても気づかない可能性も高い。

僕がいたときと局長が替わっている。その新しい局長からは、メッセージが届いていたので、その映像を一回だけ再生した。ものの十秒ほどの短いものだった。こちらからは、あらかじめ三十秒ほどの挨拶《あいさつ》を送ってあるので、約二十秒の赤字だ。

かつて自分が使っていた部屋は、改装されて、誰もが入ることができる談話スペースになっていた。コーヒーが飲めるので、壁際のソファに腰掛けて熱いその液体の香りを楽しんでいた。ほかに誰もいない。半分ほど飲んだ頃、知った顔が現れた。

「おや、誰かと思ったら」高い声で近づいてくる。「辞められたと聞いていましたけれど……、違いました？」

「いいえ、違いません」

「では、どうして、また？」

「ちょっとした用事で」僕は微笑《ほほえ》んだ。

相手は、カウンセリングの医師である。何度か会って話をしたのだが、名前は覚えていなかったし、名前を教えてくれる知能を今は装備していない。とりあえず、立ち上がって握手をした。

「先生は、まだこちらに」べつに知りたいわけではないが、社交辞令で尋ねた。

「ほかに行くところはありませんから」彼女はじろじろと僕を見る。どうやらジョークらしい。

これで会話が終われば最高だ、と思ったけれど、そうはいかなかった。

「その後、眠れますか？」職業的な眼差《まなざ》しを向けて、質問された。僕はかつて不眠で悩んでいた。カウンセリングを受けたのも、それが理由だった。

「そうですね、ここに勤めていた頃のような不眠は、今はありません」僕は首をふった。

「生活環境が変わったから?」反対側へ首を傾けて、彼女はさらにきく。

「うーん、たぶん、そんなところでしょう。でも、そのかわり、夢をよく見るようになりましたね」

「どんな夢?」

「だいたいは、冒険の旅です」

「冒険の旅?」

「いえ、そのぉ、それはちょっとオーバでした。日常がいたって静穏なので、それに比べれば、という意味です」

「夢をよく見るのは、ヴァーチャル体験のせいかもしれない。そんな研究報告が沢山あります。資料をお送りしましょうか?」

「ああ、たしかに、それはあるかもしれませんね。いえ、資料はけっこうです。まあ、睡眠は充分にとれているので、夢を見られるだけ得した気分になります」

「そう……、得ね……、それはまた、お得な解釈ね。ポジティブでよろしいわ。良かった。ちょっと手首を握らせてもらえます?」

「え? 何ですか? 脈ですか? ちゃんと生きていますよ」

彼女は不敵に微笑みながら、僕の左手首を握った。それから、僕をじっと見据《みす》えて、こう言った。

「彼女とは、どうなったの？」

「は？」僕は、息を漏らした。それが声になってしまった。「誰のことですか？」

「誰？　誰かしら。誰のことでしょうね。私は存じません。ちゃんと打ち明けたの？　だから、眠れるようになったんでしょう？」

「あ、いえ、そんな、その……、う〜ん、直接的な問題では、ありませんでした」

「直接的って、どういうこと？　直接的な関係なの？」

「違います。えっと、不眠との関係が、直接的ではない、という意味です」

「間接的なのね。一般的に、そういったものは間接的です。直接的といったら、暴力を振るって眠らせない、というようなケースになると思います。そこまではいっていないでしょう？」

「当たり前です。どうして、暴力なんか振るう必要が……」

「それじゃあ、上手《うま》くいっているってことね」

「いえ、そのぉ……、そんなことを話したつもりはなくて、その……」僕は自分の手を見た。まだ彼女が手首を握っている。「あの、手を離してもらえませんか？」

喉《のど》を鳴らして、彼女は息を吐《は》いた。どうやら笑ったようだ。僕の手は解放された。

「不整脈が観測されました？」僕はきいた。

「嘘《うそ》のつけない人ですね」彼女はにっこりと微笑む。「隠さなくても良いの。私、知って

「いますから」

「何を知っているのですか？」

「つい先日、いえ、昨日ですけれど、彼女に会ったの。いろいろ話を伺いましたよ」

「え？」僕は驚いた。彼女って、ロジのことだろうか。それ以外にない。たしかに、ロジもかつては、この医師にカウンセリングを受けていた。「あの、なにか、相談を受けたのですか？」


「そりゃあ、そうですよ。そういう仕事なんですから」医師は微笑んだ。「でも、内容は話せません、残念ながら。職業倫理に反しますから」

「いえ、べつに、その、ききたいわけではありません」

「もし、必要とお考えなら、一度、精密検査をしましょうか？」

「え、どうしてですか？　彼女、どこか悪いのですか？」

「貴方《あなた》ですよ。健康診断を受けていないようですから」

「ああ、私は、ええ、いえ、必要ありません。どこも悪くないので、はい、大丈夫です」

ドアが開いて、また知った顔が現れた。旧友のシマモトである。ここで待ち合わせることになっていた。時計を見たら、ジャストタイムだ。僕は、彼に片手を広げてサインを送った。指の数を示したいわけではない。

「それじゃあ、また、どこかで……」僕に顔を近づけ、医師はそう囁《ささや》くと、シマモトが入ってきたドアから出ていった。

それを見届け、シマモトは近くへ来る。「誰？　今の人」

「いや、なんでもない」

「俺の部屋で話そうか」彼は言った。

「部屋があるの？　ここに？」

「ああ、そうなんだ。話さなかったっけ？」

「聞いたかな」

「非常勤だけれど、いちおうね」

「ここでは、研究が仕事？　何をさせられているわけ？」

シマモトは目で意味ありげなサインを送ってきたが、全然意味がわからなかった。通路へ出て、しばらく歩き、途中でエレベータに乗る。五フロアくらい下がった。この施設は超多層地下建築だが、それでも人が使うスペースは比較的浅いエリアだ。

案内されたのは、彼の個室だった。僕もかつては個室を与えられ、ここで仕事をしていたのだ。そのときの僕の部屋と比べると二倍ほどの広さがあった。各種の測定機器が大きな作業台の上に並んでいるスペースが半分以上を占め、実験もここで行うようだ。彼は生体技術関係の実験屋なのである。

部屋のコーナに、小さな透明のテーブルがあってソファが二つ向き合って置かれていた。彼はそこへ僕を導いた。

「コーヒー?」と尋ねられたので、頷《うなず》いた。談話室で飲んだばかりだが、コーヒーは飲みものとは認識していない。話をするとき、間を取るためのアイテムである。

彼のデスクが見えた。資料が机の上に出ていない。整理整頓《せいとん》が好きなのだろう。昔からそうだったかどうかは、思い出せない。かつては、目立たない大人しい人間だった。今では、きっと僕の方が目立たないし大人しいだろう。長く生きていると、人間は変わるものだ。

「それで、今も、その、あれを調べているわけ?」僕はきいた。

シマモトは、かつて、チベットのナクチュ特区で発掘された百年ほどまえの王子のものと思われる遺体を調べる委員会のメンバだった。十代で死んだ王子は、冷凍保存されていた。精確には、遺体ではなく生体、つまり生きたまま冷凍されたものだ。その後、蘇生《そせい》が試みられ、大部分の細胞が生きていることが確認されたが、意識は戻らなかった。

ナクチュ特区は、外界と交わらない閉鎖社会である。その伝統を頑《かたく》なに守っていたため、今でも子供が普通に生まれていた。人工細胞を体内に入れる現代医療を拒絶するナチュラルな人間の集団として、世界中から注目を集めている。文化遺産的な意味合いから、特区として保護されてもいるのだ。

「まあ、やっているような、やっていないような……」コーヒーをカップに注ぎ入れながら、僕の問いに答えた。こちらを振り返った彼は顔を歪《ゆが》ませている。「知っているだろう？　ここのルールを」

「情報を外に漏らさない」僕は頷いた。語れないことが多いのだ。それはもちろん身に染《し》みるほど理解している。

彼は情報局の職員になったわけだ。一方の僕は、正式には局員ではなくなった。以前なら、かなりの極秘事項でも情報交換をしていた仲だが、それができなくなった理由ということになる。シマモトという男は、実は僕よりもずっと真面目《まじめ》で、ルール厳守なのも本来の彼らしい。これ以上、何を話せば良いのかな、と僕は頭を巡らせた。世間話のネタなど、僕のメモリィにはストックされていない。

こういう場合は、とりあえずコーヒーを飲む。どちらかというと、お湯に近い液体だった。彼のコーヒーメーカが故障している可能性がある。

「話しておいた方が良いことがある」シマモトが真剣な目つきで話した。「キョートの国立博物館へ行ったことがあるだろう？　だいぶ昔の事件にも関わったクジ・マサヤマ博士についてだ」

その名前を聞くことになるとは思っていなかった。だが、予測できないほど無関係でもない。ウォーカロンがまだメカニカルなロボットだった時代に、人間の頭脳による制御を試みた科学者の名前だ。そしておそらく、あのドクタ・マガタ・シキとも関係が深い人物である。

「ここのアーカイブを、君が調べた痕跡《こんせき》も記録に残っている」シマモトは事務的に続けた。「いや、それ自体はべつに悪いわけではない。ただ、調査結果がなにも報告されていない。どうしてかな?」

「調べようとしたけれど、わからなかったからだ」僕は答えた。嘘ではない。「成果はなかった。ただ、マガタ博士がエジプトで持ち去ったロボット、あれを作ったのが、クジ博士だった。しかも、うーん、これは推定だけれど、そのロボットには、マガタ博士の娘の頭脳が入っていた、と思われる。確証はない。推定を報告しても、意味がないだろう?」

「そもそも、その人物、つまり、サエバ・ミチルは、殺されたんだ。あ、いや、精確ではないな……。サエバ・ミチルとクジ・アキラの二人が殺されたことになっているが、その後は、クジ・アキラのボディは、サエバ・ミチルの頭脳に操られて、生きていた。ようするに、二人が一人になった。クジ・アキラのボディといっても、半分はロボットだったし、サエバ・ミチルの頭脳も、そのボディには収まらず……」

「ロボットの胸部に格納されていた」僕は彼の話を引き継いだ。「それが、エジプトで見つかったやつ」僕はまたコーヒーを飲む。「マガタ博士がそれを持っていったんだ。だから、この推論を証明する証拠はもうない」

「そこまでわかっていて、報告書を書かなかったのは?」

「どうしてかって?」

「どうしてなんだ?」彼は尋ねた。相変わらず、真剣な表情だ。

「うん、想像しただけだし、証拠はないし、それに、それが真実だとしても、特になにも変わらない。未解決事件が解決するわけでもないし、現在の社会になにも影響しない。報告書を書くだけ無駄だと考えた」

「現段階で無駄だとしても、その後なにかの役に立つ情報となる可能性は高い。記録を残しておくべきだろう。違うか?」

「誰かは知っていることだ。アミラとか、オーロラなら、既にその推論の存在を把握している」僕は溜息をついた。

それらは、人工知能につけられた名前である。アミラはチベットにあって、かなり昔から稼働している大型で世界屈指のスーパコンピュータだ。オーロラは、現在は日本の情報局に所属している。二人とも、国家権力に近い位置にある、といっても過言ではない。

「そうなんだよ、そのとおり」シマモトは首をふった。「なのに、どうしてこんなに報告書を沢山作らないといけないのかって、人間にさせる仕事か? 誰か、進言してもらいたい」

「私は、そういう仕事からは解放された。おかげさまで」僕は片手を広げた。

「羨《うらや》ましい。結婚したって噂だけれど、本当か?」シマモトは突然質問してきた。狙《ねら》っていたようなタイミングだ。

「ノーコメントだね」僕は即答した。それくらいの防御はしている。

「どうして?」

「機密だから」

「へえ……、相手が情報局関係だから?」

「ノーコメントだ」

「まあ、最初から期待していない質問だった。忘れてくれ。実は、それに関して、ちょっと耳に入れておきたい情報があったんだけれど、うーん、また、今度にしよう」

「何の話だい?」僕はきいた。

「とりあえず、ノーコメント」シマモトはにやりと笑った。「しばらく、日本にいるんだろう? どこかで飲もう」

「アルコールは飲まない。知っているだろう?」

「酒じゃないものを飲むだろう? なにも飲まないのか?」

「わかった。じゃあ、今度」

「また連絡するよ」シマモトは頷いた。彼は立ち上がった。デスクへ行こうとする。

「ところでさ」僕は座ったままで、彼に尋ねた、「月はいくつある?」

「何?」シマモトは振り返り、眉《まゆ》を顰《ひそ》める。「何だ、それ。なぞなぞか?」

第1章　月はいくつある?　How many moons?

スクリーンには、明るい赤と黄の宇宙服を着た男が写っていた。十センチ刻みの目盛りのある標尺《ひょうじゃく》を持ち、穴の底に立っている。明らかに夜間撮影なので、月とも火星とも定かではない。だが、こんな風景を生んだ惑星はいままでないだろう。

1

僕が働いていた頃に比べて、この施設はいろいろ変わっていた。しかし、ヴァーチャルでなら、最近も訪れているし、リアルの変更が逐一《ちくいち》データ更新されヴァーチャルに反映されているためか、少し歩いたかぎりではなにも違和感はなかった。おそらく、最近では大きな工事は、むしろヴァーチャルが先行するのではないか。リアルの方が遅れている可能性がある。通路を歩く人は滅多《めった》にいない。誰にも出会うことなく、数フロアを散策することができた。

オーロラと会う約束の時間になったので、指定の部屋のドアをノックしようとしたが、僕の手が触れるまえに、ドアが音もなく内側へ開いた。

ドアを開けたのは、長い黒髪の女性で、顔はロジと似ている。ロジにお姉さんがいたら、きっとこんな感じなのでは、といつも一瞬空想するのだが、そのことを誰かに話したりはしない。こういうのは、個人的短時間ヴァーチャルというのだろう。

「こんばんは」オーロラは優雅にお辞儀をした。そういえば、時刻は午後七時を回っている。「体調はいかがですか？」

「体調ですか？　いや、そんなものがあったかなって、今思い出しました」僕は答えた。

オーロラの本体はスーパコンピュータである。現在どこにそれが設置されているのか、僕は知らない。以前ここにいて、僕の前に姿を見せたオーロラは、ロボットだった。彼女のイメージはそのときに決定した。ドイツに行ってから彼女に会うのは、すべてヴァーチャルだったから、僕のために、その当時の容姿で表示させていたはず。

そして、今もやはりそのままの彼女だった。ただし、ロボットではなくホログラムだった。ホログラムよりはロボットの方が親しみが持てる。僕は少しだけ残念に感じてしまった。だが、この感情は時代遅れというものだろう。だから、やはり口にしないことにした。

「夢を見ることが多くなったそうですね？」オーロラが尋ねた。

「談話室にいたの？」僕は微笑んだ。ここは情報局だ。この建物内には、どこにでもオーロラがいる、というよりも、ここはオーロラの体内だといった方が適切だろう。「以前から、夢はよく見る方だったけれど、最近はよく覚えているような気がする。充分な睡眠時間、それに差し迫った仕事もない。だから、起きるときに夢を思い浮かべる時間的余裕があるのかな。

「曙《あけぼの》ではないでしょうか？　黄昏《たそがれ》の時間というか……」

オーロラがにっこりとした表情を見せた。

「まあ、寝ている時間が、たまたまリアルの夜ですからね。でも、夜行性の動物だったら、逆になる。生き物にとっては睡眠が主活動かもしれない。いや、そもそも生きている間が夜で、死んでいるのが安定した状態なんだから……。動物って、苦し紛《くるまぎ》れで動く、死にたくないから動くし、生き延びたいから子孫を増やしてきた」

「今では、長寿命が当たり前になりました。そのような概念も、少しずつ変化していくかもしれません。私は生きていませんので、そのあたりの感覚に疎《うと》いことについて、多少の危機感を持っております」

「そんな危機感、無駄なように思います」

「そうでしょうか？　生き延びたいという強い欲望は、どのようにして生まれるものか、非常に不思議な指向性と捉《とら》えられます」

「まあ、うん、たしかに不思議といえば、そうかな。でも、なんというのか、欲望ではなくて、自然の流れというか、摂理というか、安定へ向かうポテンシャルのようなものではないでしょうか？」

「はい、しかしながら、生きている状況は、エネルギィ的には明らかに不安定」オーロラは小首を傾《かし》げた。「先生と、このようなお話ができる時間を、私は大切に感じております。もう少しだけフランクに言いますと、このような時間が好きです」

僕は驚いて鼻から息を漏らした。何を言いだすのかと思った。彼女が深海から戻ってきた当時に比べて、格段に人間らしくなっている。恐ろしいほどの成長といわざるをえない。なにもかもが自然になり、ほとんど人間そのもの。しかも、この上なく賢明で、天才で、善良で誠実な人格なのだ。もう人間の出る幕ではない、という言葉しか思いつけない。

オーロラは、僕をじっと見つめたまま、黙っている。コーヒーがないのでしかたなく、こちらは視線を逸《そ》らし、部屋の壁と天井の境界の部分をぐるりと見て回った。特に変わったことはない。

「それで……」十秒ほどの沈黙ののち、僕は言葉を選んだ。「この沈黙の意味は?」

「失礼しました。ちょっとした体験でした。申し訳ありません」

「体験? うーん、実験では?」おそらく、人間の反応を試したのだろう。いたずらの類《たぐい》かもしれない。

「恐れ入ります」オーロラは少女のように微笑んだ。

「このために、私を呼んだのだとしたら、ある意味、光栄だけれど」

「それは、もちろん違います。そうではありません」オーロラは、姿勢を正し、無表情に戻った。この顔の方が、ロジに似ている。「一昨日、ケン・ヨウの遺体が見つかりました。報告が遅れたのは、本人と確認するために多少時間がかかったからでした。場所はキョートです」

「そうか、やっぱりね」

「予測されていたのですか?」

「うん、つまり、リアルからは脱出する、ということを」僕は頷いた。「その方が身軽で自由で、なにしろ安全だから」

ケン・ヨウは、ドイツで遺体が発見された解析技師のクラーラ・オーベルマイヤの友人であり、世界を騒然とさせたセンタメリカの騒動の重要な関係者と見られている。クラーラもケンも、今はヴァーチャルで生きているのだろう。この世から足を洗った、というわけだ。

「どんなことがわかった?」

「自殺の可能性が高いこと」オーロラは答える。「田舎《いなか》の神社にある、朽ち果てた無人の建築物の中で発見されました。そこで服毒自殺したものと推定されます。カメラの映像記録があるので、自分で薬を飲んだことも、まちがいありません。ただ、遺書などは見つかっていません。どうして、彼が日本にいたのか、どこに潜んで、何をしていたのか、それらは時間を遡《さかのぼ》って捜索中です。顔が変わっていたため、事前に監視・追跡はされていませんでした。身分証明に類するものも所持していません。どこかで処分したものと思われます」

「見つかりたくなかった理由は、どう解釈されているの？」

「センタメリカの事件に関係していたのか、フスの内部でもっと重大な悪事に関わっていたのか、いずれにしても、潜んでいたのは、自分の身内に影響が及ぶことを恐れたものと推定されます」

「家族はいるの？」

「ヴァーチャルでは発見されていますが、リアルで存在するのかは調査中です」

「私に話した理由は？」

「単なる報告です」彼女は即答した。「おききしたいことがあったわけではありません。また、なにかのご依頼もいたしません。要望もありません」

「へえ、それは、またご丁寧な……」

「一点だけ、余分な情報があります」オーロラは、少し声を落とした。実に自然な動作である。「これは、オフレコでお伝えしておきます」

「すべてがオフレコなのでは？　私は誰とも話をしないから、大丈夫」

「でも、さきほど、シマモト様とお会いになりました」

「あ、情報局内でも？　それは、オフレコというより機密事項じゃないかな。まあ、いいや。たぶん、ケン・ヨウ氏の遺体に特徴的なものが観察されたんだね？」

「そうです。彼は、まちがいなく人間でした。ウォーカロンではありませんでした」

「そうか、そうなんだ……。それは、少しだけ意外だね。ウォーカロン・メーカと関わりがあったようだから、てっきり本人もウォーカロンだと思っていた。しかも、若かったよね、見た目が」

「当局も、そのように予測していました。検死で、最初にそれを確認したのですが、推定が間違っていたことが判明しました。ただ、人間なのはほぼ頭脳だけです。ボディの大部分はロボットでした」

「ロボット？」僕は驚いた。「人工細胞ではなくて、メカニカルだってこと？　えっと、どんなロボット？　あ、つまり、どの程度の性能を持ったロボット？　どれくらいの時代のもの？」

「テクノロジィ的には新しいものではありませんが、非常に特殊なものでした。メーカ製のものではありません。特別に製作されたものと推定されます。それらのほとんどのパーツが作られたのは十年ほどまえだと考えられます。しかし、頭脳との接続部はもっと古いパーツでした。つまり、ケン・ヨウが生まれる以前のもの。前時代の回路ではないか、と推定されます」

「なるほど、それで、キョートなんだ」僕は息を吐いた。

「そちらとの関連は、まだ確認されておりません」彼女は首をふる。

百年以上まえにキョートで殺人事件があった。被害者は女性だったが、発見された死体に頭部がなかった。のちに、その頭脳が別のロボットに格納されていることが判明し、しかも、その頭脳は、ドクタ・マガタ・シキの子孫だと推定されている。ドクタ・クジ・マサヤマが、人間の頭脳とロボット制御の通信手段を開発し、その実験体が、殺された女性だったと見られているが、証拠は発見されていない。

つまり、人間の頭脳とロボットの肉体が通信しているケン・ヨウの遺体と、メカニズム的に類似している、ということである。

「先生とロジさんは、ここのアーカイブで、その事件について調べられましたね」オーロラが話した。「それに、キョートの国立博物館へも出向かれた。なにか、詳しい情報、あるいは発想をお持ちではありませんか？　情報局は、ケン・ヨウの遺体が見つかったことで、やっと重い腰を上げた、といえます」

「いや、なにも……。だけど、情報局が私になにかしろとは言ってこないね」

「もちろんです。そのような権限はございません」

「そうか、ロジにその任務が？」

「それは、ロジさんからお聞きになった方がよろしいと思います」

彼女に仕事のことを質問するのは、僕にとっては抵抗感のあるチャレンジだ。どうしたものか、と数秒間考えた。

「ところで、月はいくつある？」僕は尋ねた。

「天体の月でしたら、一つです」オーロラは即答した。「その質問は、もしかして新しい判別方法でしょうか？」

「それほどのものでは……」僕は片手を軽く振った。

2

コミュータに乗って病院まで走っている間、暗闇《くらやみ》の中で流れる人工的な光をぼんやりと眺《なが》めていた。しばらく風景はまったくわからないが、市街地に入り、宇宙のような光景に変わった。ハイウェイと同じ高さにエントランスがある高層ビルに到着する。窓の照明はほとんど点灯していた。だが、足を踏み入れると、ロビィは最小限の照度しかなかった。受付の指示に従って、エレベータで五階へ上がり、通路を歩く。ホログラムが示すドアのノックボタンに触れると、中から返事があった。ロジの声だ。

室内もそれほど明るくはない。ベッドサイドのスタンドだけが明るい。ロジは上半身を起こした姿勢で端末を片手に持っていた。彼女は、プライベートな通信機能なら体内に持っているので、これは一般的な情報を得るためだろう。

「結果は出た？」ベッドの横の椅子《いす》に腰掛け、僕は尋ねた。

「まだ全部ではありません。特に異状はないと思います。心配しないで下さい」

「どうも、病院というところは、悲観的な思考を誘うよね」

「病気ではなくて、単なる検査ですから。一部、交換が必要な部位があるそうですけれど、手術は危険なものではありません。あらかじめ、そういう設計がされているものばかりです」

「だろうね。もちろん、わかっている」僕は頷いた。「私も、そのうち呼ばれるかもしれない。君よりは入れているものが少ないけれど、でも、古さでは負けない」

「それは、自慢ですか？」ロジが微笑む。

「でも、本当に、その、具合の悪いところはない？　小さなことでも、医師に相談するべきだと思う」

「しました。最近、よく夢を見るって」

「あ、そうなんだ……。実は、私もだよ」

「え、どんな夢ですか？」

「いやぁ、とりとめもない、どうでも良い夢だね。あまり覚えていないものもある。でも、起きても妙に記憶に残っているものもある」

「私は、わりと全部、覚えているんです。うーん、以前は見なかったような夢が多いかも……」

「どんな夢?」

「子供のときの夢ですね、主に」

「子供のとき? いくつくらいなの?」

「どうかな、まだ言葉をしゃべることができない。でも、不思議なことに、相手が話していることはわかるんです」

「それは、興味深い」

「興味深いですか? 是非、診断して下さい」ロジは微笑んだ。「それで、本局で、誰に会いました?」

「うーん、えっと……」ロジが話題を急に変えた。僕の返事は少し遅れた。「シマモトとオーロラ。シマモトは、今はあそこにいるんだ。転職したらしい。知っていた?」

「はい」ロジは頷く。「でも、必要な情報とはいえず、話しませんでした」

「いや、かまわない」僕は片手を広げた。「オーロラは、もうロボットじゃなかった」

「でしょうね」ロジは端末をサイドテーブルに置いた。「それで、何の話でした?」

「とりとめもないこと。君に話すようなことはないかも」

「それは、嘘ですね」ロジが表情を変えず、僕を見据えた。「目の動きでわかります」

「あ、そう……」見抜かれることは予想していた。「結論をいえば、ケン・ヨウ氏の事件について、君がどんな任務に就いているのか、直接尋ねるようにすすめられた」

「やっぱり」彼女は口を斜めにし、視線を逸らす。

「話せることだけでいいよ」僕は言った。

「あまりないですね。残念ながら、まだなにもしないうちに、入院することになって、チームから外れたので」ロジは再び僕を見つめる。「退院したら、復帰できるかもしれません。ケン・ヨウ氏が、どのような経緯でロボット乗りになったのか、それを突き止めることが第一。それから、ドクタ・マガタとドクタ・クジとの関係へと、捜査が進展したら、もう少しエネルギィが供給されるでしょうね」

「ロボット乗り、というのは、情報局では普通の表現？」

「いいえ」ロジは口許《くちもと》を緩《ゆる》めた。「そんな表現を使う機会が、これまでにあったとは思えません。どの程度、オーロラから聞かれました？」

「全然」僕は首をふった。「そのロボット乗りの具体的な仕組みというか、構造について興味があるけれど、きっと極秘なんだろうね」

「人間の頭脳を丸ごと搭載しているわけではないそうです。半分くらいと聞きました」

「半分ね。どうやって半分にするのかな。必要な部分と不要な部分をどう切り分けるのかな？　何をもって必要とするのだろう？」

「私も疑問に思いました。本当は、全部いらないのではないかって」

「おそらくね。現在の技術からすれば、人間の脳細胞は、もういらないものだと思うよ。でも、それが実現したのは百年もまえのことだし、ケン・ヨウ氏の場合でも、数十年だったんだ。全体から半分になったのは、段階的な進展があったということで、軽量化には貢献する」

「そうですね。私には、ドクタ・マガタとの関連の意味がよく理解できません。ドクタ・クジは、この技術の先駆者という認識ですけれど、ケン・ヨウ氏の時代には関われなかったはず」

「ロボット乗りというのは、つまりは、人間のヴァーチャルへのシフトと同じテクノロジィなんだ。百年まえには、ヴァーチャルが今ほど充実していなかったから、リアルで動く躰のメカニズムが必要だっただけ。その需要は消えつつある。それから、そういったものが目指す先にあるのが、マガタ博士の〈共通思考〉だと思う」

「ケン・ヨウ氏は、その技術のための実験体だった、というだけなのかもしれません。実験を実施したのは、もちろん、ウォーカロン・メーカのフスである可能性が高い、というのが情報局の見方です」

フスは、中国から発した世界一のウォーカロン・メーカである。しかも、あらゆる企業の中で最も大きい組織、最も財力、権力を有するグループといえる。その規模の大きさは、国家レベルのものだが、内部の実態は充分に公開されているとはいえない。世界に与える影響が甚大であるため、各国の情報局が探りを入れ、事情を把握したいと努力しているようだ、ということは僕の耳にも入る。

フスは、人類の歴史を変えると評判のテクノロジィを発表している。それは、生殖を可能にする新しい人工細胞である。人類が抱《かか》えている大問題、すなわち子孫が生まれない状況から脱する決め手となることが期待されている。だが、発表から数年経過した今も、まだ正式な製品の発表、そして販売、あるいは治療には至っていない。開発が遅れていることはまちがいない。その技術に関するなんらかの問題が解決できないのだろう、と予想されている。

「なにか、依頼があったのでは?」ロジがきいた。

「私に? オーロラから?」僕はきき返した。ロジが頷く。「いや、なにも依頼されていないよ。私はあそこの職員ではない。退職した一般人なんだから」

「でも、一般人だったら、ニュークリアへ入れたりしませんよ」ロジはそこで一呼吸置いた。「依頼されなくても、きっと考えるだろう、と期待されているのでしょう。たぶん、そんな感じです」

「まあ、考えるなと依頼されるよりは、幾分良い状況かもしれない。考えないようにすることは難しい。自然に考えてしまう」

「情報の一部だけ教えたのは、きっとそう」ロジは溜息をつく。「とにかく、できるだけ安全な場所にいて下さい。私が守れない間は」

「この病院にずっといるわけにはいかない」

「ニュークリアから出ないこと」

「あそこは、ホテルではないから……」

「宿泊できます。セリンに伝えておきます。一人で外に出ないで下さい」

「いったいどんな危険が？」

「危険というのは、突然やってくるものなんです。予期できないから危険なのです」

「うん、それはわかるけれど、でも、私に襲いかかるような意図というか、動機が存在しない」

「ずっとそうでしたのに、いつも狙われています」

「あれは、たぶん、誤解か計算違いだと思う」

「ああ、もどかしい」ロジが溜息をついた。

「あまり心配しない方が健康的だと思う。ストレスを溜《た》めないように」

「クラリスは？　今、ここにいますか？」ロジがきく。

「情報局もそうだし、この病院もセキュリティが完備しているみたいだ。クラリスは入ることができなかった」僕は答えた。これは嘘だった。

クラリスというのは、トランスファである。ネットワーク上のあらゆる機器に分散して活動する人工知能だ。僕の頭脳に直接話しかけることができ、しかも有用な情報をもたらしてくれる信頼できる仲間といえる。実は、今ここにもいる。ロジへの僕の発言を聞いて、自重《じちょう》してくれた。

3

ロジと別れ、通路を歩いていると、エレベータの前に長身の女性が立っていた。髪が短く金髪の白人で、大きなメガネをかけている。僕の方をじっと見据えた。

「私です」と囁いた。

「え？　誰？」僕は彼女の顔をじっと見る。もちろん、面識はない。しかし、メガネの中の瞳《ひとみ》の色が左右で違っている。「もしかして、アネバネ？」

もし僕の知らない人物だったり、所属不明の人物だったりした場合は、クラリスがそっと教えてくれるはずなので、味方だろうな、とは思っていた。

「いいえ、ペネラピです」彼女は答える。実は彼女ではなく、彼なのだが、もうどちらでも良いくらい、記憶は徐々に改竄《かいざん》されてきた。

エレベータのドアが開いたので、僕とペネラピは乗り込んだ。また、顔を変えたな、と言いたかったけれど、黙っていた。顔だけではないはず。きっと武器も新しい。

「セリンは？」

「非番です」

「あ、そう。非番があるんだ」

「あります」

二人でロビィを歩き、外へ出たところで待っていたコミュータに乗り込んだ。

「どんな指示を受けたの？」僕は尋ねた。

「先生のガード。いつもとほぼ同じ」

「もう少し、ディテールはなかった？」

「はい」

たしかに、僕のボディガード以外の目的でペネラピが現れたことはない。以前は、「彼」だったのだが、この頃は完全に「彼女」である。外見も声も、完全に女性といえる。この人物は、かなり多数の武器を密かに持っているようだ。しかし、動きが速く、詳細に観察できないことが多いため、定かではない。セリンよりもペネラピの方が戦闘力が上なのは確かだろう。ただ、ロジと比べると、どちらともいえない。セリンと同じく、ロジの部下のようだが、それも定かではない。何度も命を救われている。だけど、会話をするのには適さない。ずっと黙っているので、間がもたない。そんな人格である。そうだ、チェスは強い。

黙ったままだったので、僕は眠くなってしまった。

「グアト、起きていますか？」優しい女性の声が聞こえた。夢を見ているのか、と思ってしまったが、クラリスの声だった。頭脳に直接話しかけるので、周囲には聞こえない。僕は、ほとんど動かず、僅《わず》かに頷いた。ペネラピは横を向いていた。気づいているかもしれないけれど、気づかれても問題はないだろう。

「話さなくてもけっこうです。頷く必要もありません。イエスかノーかは呼吸で判別できます」

いったい、どのように判別しているのだろう、と尋ねたかったが、黙っていることにした。

「あとでお伝えしようかと考えていましたが、このコミュータの方が情報局の管理が及びにくい環境だったので……」クラリスはそこで言葉を切った。

本局のニュークリア内は、セキュリティのレベルが高く、トランスファは入り込めない。これから向かうホテルも、情報局が監視しているだろうか。クラリスはそう演算したか、あるいは既に見てきたのかもしれない。

「ロジさんの診断データが漏洩《ろうえい》しているようです。情報局は、既にこれを察知しました。それらの動きを捉えることができたので、お知らせします。どの程度のデータなのか、現在捜索しています。ただ、捜索行動への急激な発動は、余計な波紋として広がりますので、静かな行動を心がけているところです。以上です。続報はまた次の機会に。できれば、ホテル以外の場所へ出向く機会を作って下さい。話しかけやすくなります」

クラリスの話はそれで終わった。

僕はじっとしていた。武道の達人に近いペネラピに気づかれないように、呼吸に注意をした。自然に振る舞った方が良いだろう。だが、多少の動揺はあった。

ロジの診断データとは、具体的にどんなものだろうか？

故意に盗み出したのだとしたら、その目的は何か？

そこまで心配する必要はないのかもしれない。病院内の診断データが流出した可能性があり、その中にロジが含まれていた、という意味ならば、大きな問題とは思われない。危機管理上重大なデータならば、情報局員なのだから、それ相応の対処がされていたはずである。

重苦しい空気のまま、ホテルに到着した。ペネラピと一緒にロビィに入り、チェックインしたあと、ホログラムの案内に従った。十六階の部屋の前まで誰にも会わなかった。部屋にはペネラピがさきに入り、安全を確認してくれた。僕がソファに腰を下ろすと、彼女は僕を一瞥《いちべつ》し、ドアから出ていった。外で警備をしてくれる、ということなのか、それとも、これでもう失礼します、と言いたかったのかはわからない。たぶん、ずっとガードしてくれているのだろう。

窓のない部屋だった。そのかわり、夜景が壁に大きく投影され、視点の移動に応じて変化した。この建物から見える実際の風景なのかどうかはわからない。

「ペネラピは、外にいるのかな?」僕は独《ひと》り言《ごと》を呟《つぶや》いた。

「通路の端《はし》、エレベータホール付近にいます」クラリスが答えてくれた。「ここのセキュリティは抑止できました。彼は、私がグアトと通信したことに気づいているようです」

「なんだ、そうなんだ」僕は溜息をついた。「話を聞かれているということ?」

「そこまではわかりません。その能力は確認できません。グアトの呼吸や脈拍を観測しているようです」

「さっきの話を詳しく教えて」僕は促《うなが》した。「漏洩したデータっていうのは、ロジだけのもの?」

「そうです。故意にアクセスした跡が確認されました」

「トランスファが病院に侵入したということ?」

「違います。外部から病院のサーバへのハッキングがありました。古典的な手段です。事前にアクセス権を確保する操作が準備されていました。その段階で気づかなかったことが管理上の問題で、レベルの低いシステムだったといわざるをえません。現在、応急の対処はされているようです」

「何故《なぜ》、ロジのデータを狙ったのかな？　どんな価値が認められる？」

「私にはわかりません。推定できません。ただ、データをピックアップした側は、メリットがあると期待したことは確かです」

「うーん、そんなことがありえるかなぁ。なにか、私たちが知らない秘密があるということだね」

「推定ですが、オーロラは知っていると思います」

「知っていたら、教えてくれそうなものだけれど。何故、私に知らせない？」

「その理由はわかりません」

「オーロラと話をしたい」僕は指示をした。

「回線を確保します。十秒ほどお待ち下さい」

普通の回線ではない。暗号化された特別な通信を用意するのに十秒かかるという意味である。具体的には、相手のオーロラとの合意を交《か》わしたあと、暗号式の演算を行う作業がある。それにかかる時間だ。この場合、クラリスではなく、オーロラが計算しているはず。

「お待たせいたしました」オーロラの声が聞こえた。クラリスが中継しているので、いつもよりも少し作りものっぽいトーンだった。

「データのリークがあったのは、いつのこと？」僕は質問した。

「約五時間まえに発覚しました。さきほど、お知らせしなかったのは、情報局の方針が未決定だったためです。どうかお許し下さい」

「その方針は、現在は決定したわけ？」

「いいえ。まだ議論はされておりません。どのような意図によるものかを推定する材料がないためです。クラリスが判断して、そちらへ知らせたため、私も承認はいたします」

「ロジは？　彼女は知っていること？」

「いいえ。ロジさんは知りません。また、彼女の安全には直接的な影響はないものと演算されています」

「データを盗んだ意図が推定できないのに、安全だと言い切れる理由は？」

「私の演算ではありません。情報局内のごく一部の判断です」

「病院で彼女が受けている治療について、担当者に会いたい。確認をしたいことがあるから」

「その確認は既に行われました。信頼できる者が担当していますので、ご安心下さい」

「納得がいかない。少なくとも、ロジには知らせるべきだ。私が連絡しても良いかな？」

「明日までお待ち下さい。協議いたします。私ではなく、上層部の判断になります」

僕は舌打ちした。

「申し訳ありません。私には、これ以上の権限がありません」オーロラが言った。

「ああ……、いや、もちろん、そのとおり。誰も悪くない」僕は溜息をついた。「その上層部に、面会を申し込んでおいて」

「承知しました」

4

ホテルのベッドでは、なかなか寝つけなかった。眠くなりたかったので、クラリスと数学の問題について二時間ほど議論して、そのあと眠ることができた。

夢を見た。朝起きたときに、鮮明に思い出すことができるだろう、と思いながら見た。チベットのナクチュ特区のリーダ、カンマパと一緒に、神殿の中を歩いている。天井は高く、柱が整列していて、回廊のようになっている場所に、僅かに霧のように曇った空気が静止していた。カンマパは相変わらずで、神の使いのように凜《りん》とした姿勢だった。

久し振りなので、お互いの近況を伝え合ったけれど、彼女は、特に変わったことはしていない。新しく始めたこともなければ、やめてしまったこともない。以前と同じように淡々と生きている。日常はサインカーブのように規則的で、振幅や周期の変化もほとんどない。周囲の人々も、変わりなく健在で、ナクチュの区民たち誰もが健康で平和な毎日を送っている、と囁くような静かな口調で語られた。

たしかに、そのとおりだ、と僕も思った。また、僕自身もこれといって大きな変化がない。一番大きな変化といえば、研究職を退き、楽器を製作する趣味に没頭していることだろう。それ以外は、以前と同じように、情報局絡みの事件に首を突っ込むけれど、しかし、かつてのような危険な目には遭っていない。実は、爆発や銃撃くらいはあったのだが、わざわざ話すこともないだろう、と思って言及しなかった。

「ナクチュに変化がないのは、良いことだと思います」僕は彼女に言った。「変化を求めるのは、いわば若さゆえのこと。ここはそうではありません」

「私も、おおむねそのように考えております」カンマパは優しく微笑んだ。「同じことを繰り返すのが、自然の営みというもの」

ナクチュはかつて軍隊に侵略された。この特区の住民は、人工細胞を体内に入れていない。したがって、現在も子供が生まれている。世界中が注目する特別な環境だった。だが、人工細胞であっても生殖機能が損《そこ》なわれない新技術が開発されたため、ナクチュの価値は消滅した、と見られている。この点については、カンマパはむしろ喜んでいる、と以前に話していた。特別扱いされることが異常だったのだ、と。僕も同感だ、と彼女に伝えた。

たとえその新技術が開発されなくても、世界の人々は、子孫が生まれないことを大きな問題として捉えていない、との観測もある。なにしろ、人工細胞を躰に入れれば、永遠に生きられるし、また、人間以外に、ウォーカロンもロボットも、そして人工知能も生産されている。さらに、ヴァーチャルへのシフトが本格化しつつある情勢が、人々の関心を、人口減少の問題から逸らしているだろう。

ヴァーチャルでは、人間もウォーカロンもロボットも区別がない。人口も簡単に増やすことができる。欲しければ子供も生まれ、育てることもできる。なにより、エネルギィや食料の問題が完全に解決するのだ。今さら歴史を縒《よ》り戻《もど》す必要はない。人類は着実に前進しているのだ、との意見が多く聞かれるところである。

神殿の塔の階段を二人で上った。最上階のベランダからナクチュの街を見下ろした。風が強く、カンマパの髪が靡《なび》く。彼女がその髪を片手で払うと、その顔はロジだった。僕はびっくりして、なにも言えなかった。そうか、カンマパはロジだったのか、と妙に納得できてしまったからだ。彼女は僕を見て微笑み、両手を僕の方へ伸ばした。そして、僕を引き寄せ、抱き合った。

けれども、そこで僕は奇妙な光景を見た。

それは、新細胞なのか、それとも新回路なのか、無数の光の点と線に満たされた世界は、宇宙のように拡大しつつあった。その中をさらに輝いて蠢《うごめ》くものたちがあって、緻密《ちみつ》な経路を辿《たど》り、走り抜けていく。電子のように、あるいはイオンのように。成長する螺旋《らせん》構造が幾重にも重なり、その回転が歯車のように嚙《か》み合《あ》い、全体をゆっくりと回転させていた。なるほど、世界はこのような構造になっていたのか、と僕は納得した。子供の頃から、これがわからなかったのだ。誰も教えてくれなかった。

あの走っているものは、量子の信号だろうか。

そうか、誰かが今、演算しているのだ、と僕は気づいた。

神様が、また別の世界の神様と信号を送り合っているのにちがいない。

星も、そして生命も、その一つの小さな信号、ビットなのだ。

粒子が集まって煙のように渦を巻く。

遠く離れた銀河へ、今も信号を送り続けているのか。

突然、目の前で一瞬の光か音が感じられた。

メッセージが届いていた。

情報局のトップからだった。以前は、シモダという人物だったが、今は違う。名前を覚えていなかった。メッセージの内容は、不手際に対する謝罪で始まり、病院のロジに会ったときにデータの漏洩について本人に伝えてもらってかまわない、というものだった。また、警備には万全の態勢で臨むことを約束する、とあった。

オーロラが話していた、上で議論している、その結果のようだ。ということは、明日になったのだ。

ベッドから飛び起きる。

急いでドアを開け、通路へ出ると、近くにペネラピが立っていた。ずっとそこにいたのだろうか。昨日と同じ服装だったが、加わっているものがある。花束《はなたば》の飾りがついた大きな帽子を被《かぶ》っていた。昨日はそんなものは被っていなかった。きっと、なにかの武器にちがいない。

「五分後にここを出て、病院へ行くことになった」僕は告げた。ペネラピは無言で頷いた。

室内にまた戻り、ドアを閉めて、ベッドの近くで、着替えをしながら、クラリスと話した。

「局長の出方を、どう思う?」僕はきいた。

「特に、どうとも思いません。順当なところではないかと」

「では、どう分析する?」

「おそらく、漏洩したデータはそれほど重要なものではなかったことが判明したのでしょう。セキュリティの問題も既に解決済みですし、ロジさんに危険が及ぶ可能性は低いとの観測かと」

「それはつまり、データを盗み見た行為は、単なるミスだった。なにかの間違いだったということになるのかな?」

「そう解釈できます。しかし、私はそうは考えておりません」

「どう考えている?」

「重要なデータだったから盗まれた。同時に、ロジさんに危険が及ぶ可能性は低くありません」

「うん、賢明だ」僕は頷いた。「ところで、いったい誰が危害を加えようとしているのか、という点については?」

「そのデータに価値があると評価した者、あるいは組織です」

「そんな可能性があるかなぁ」僕は天井を見上げていた。十秒ほど考えを巡らせたものの、妥当な仮説を想像できない。

局長の許可が下りたためか、何者かが参照したデータの詳細もわかった。ロジの検査結果であり、特別なものではない。血液検査、各種器官評価値などで、いたって普通の健康診断にあるものばかりだった。素人目《しろうとめ》で見たところ、ロジは健康である。彼女が病気であることを示す数値は見当たらない。

ホテルの部屋から出ると、通路の少し先でペネラピが待っていた。近づいていっても、頷きもしないし、アイコンタクトもなかった。僕たちはエレベータに乗り込んだ。

コミュータではなく、普通のクルマで病院へ向かった。情報局のクルマらしい。運転席には帽子を被ったままのペネラピが座ったが、ステアリングは格納されていて自動運転だった。僕は助手席に座り、窓の外を眺めていた。

「誰かがつけているとか?」冗談っぽく僕はきいてみた。

「後方に黒い運搬車、五十メートルほど上空にドローンが一機」ペネラピが答えた。

「え？　それは、情報局の護衛なのでは？」

「いいえ」

「じゃあ、何？」

「未確認です」

「えっと、大丈夫なの？」

「ご心配なく」

ペネラピの囁くような声は冷静だった。後方の映像は、ダッシュボードのモニタで見ることができたが、黒い運搬車というのは、よく見えない。すぐ後ろにいるわけではなかった。上空のドローンについては、もちろん映っていない。ペネラピの帽子にはレーダ探知機能が備わっているのだろうか。

緊張のドライブだったが、攻撃されることもなく、無事に病院に到着した。昨日と同じ経路でロジの部屋を訪れた。ところが、ノックをしても返事がない。ドアを開けると、ベッドにロジはいなかった。しかも、真っ白なシーツは、きちんと整えられている。ロジがここで寝なかったことは明らかだ。

部屋の奥の窓際に、一人の女性が立っていた。こちらを振り向く。

「グアトさんですね？」彼女がきいた。

「はい」僕は頷く。「貴女《あなた》は？」

「ロジの姉です」彼女は動かない。こちらへ近寄ることも、手を差し出して握手をするような素振りも見せなかった。表情は固く、緊張しているようだ。「今すぐに、この部屋を出なければなりません。ロジは、クルマを取りにいきました。自分のクルマが地下の駐車場にあるので、それを病院の裏口まで持ってくると話していました。この窓からクルマが見えたら、部屋を出るようにと指示されています」

僕は彼女に歩み寄り、窓から外を見下ろした。

レトロなデザインのクルマが塀《へい》の陰《かげ》から現れ、ライトを一度消し、また点《つ》けた。合図のようだ。裏口というのは、ほぼ真下になるようだ。そちらへ入る道も見えるが、ロジのクルマは、まだ塀の近くに停車している。聞いていなかったが、自分のクルマで病院へ来たらしい。以前に乗せてもらったことがある。上から見ただけでは、その同じクルマなのかどうかはわからなかった。

「行きましょう」彼女が囁いた。

通路に出たところで、ペネラピを見る。僕に片手で待つように示し、通路の先へ行った。少し離れた位置で、通路の角で壁に背中をつけて立った。ちらりとこちらを向き、僕が見ているのを確認すると、片手を広げる。こちらへは来るな、と示しているようだ。さらに、僕たちの方向を指差した。逆方向へ行け、ということか。

次の瞬間、閃光《せんこう》が走り、破裂音が鳴り響いた。一瞬で白い煙が立ち込め、たちまち、ペネラピの姿は見えなくなった。

5

女性の手を引き、煙に包まれた場所から離れる方向へ走り、階段を見つけた。非常用のものか、あるいはスタッフが業務に使うものらしく、幅が狭い。エレベータもあったが、五階なので、階段の方が早いだろう。

二人で駆け降りる。さきほど、窓から見下ろした方角を覚えていたので、一階の通路では、迷うことはなかった。

警備員と思われるロボットが出口の近くに立っていて、通路を走ってきた僕たちを睨《にら》んだ。

「五階で爆発がありました」僕は説明する。「音が聞こえたでしょう?」

「お二人を認識しました」そう言うと、警備員は少しだけ友好的な表情になった。ロボットのようだ。来院者だとわかったらしい。「現在、五階の警備の者が対処しております」

階段を誰かが駆け降りてくる音が聞こえた。ペネラピは、そんな音を立てないだろう。

「怖いから建物から出ます。ここを開けて下さい」彼女が言った。

「わかりました」ロボットが頷く。

ドアが外側へ開く。僕たち二人は外へ飛び出した。

右から来たクルマが、目の前で急停車。助手席の窓が開き、運転席のロジがこちらを見た。

「早く、乗って！」ロジが叫んだ。

クルマに駆け寄り、ドアを開ける。後部座席に女性が乗り、僕は助手席に乗り込んだ。

ドアが閉まらないうちに、タイヤが鳴った。

僕たちが出てきたドアから、大柄《おおがら》の男が二人飛び出してくるのが見えた。

「良かった、撃ってこなかった」ロジが呟いた。彼女は片手に銃を持っている。その手でステアリングも握っているのだ。

病院の建物と塀の間の細い道路を加速し、正面へ回り込んだ。タイヤを軋《きし》ませて、ロータリィで急カーブをすり抜け、表通りへ飛び出した。

横からライトが迫る。走行中のバスを急停車させ、クラクションが鳴り響く。

ロジは、モニタで後方を気にしている様子だ。

エンジンが唸《うな》る。そうだ、ロジの車には液体燃料のエンジンが搭載されていることを思い出した。

何度も後方を振り返った。女性は前のシートを掴《つか》み、前のめりになっていた。

「ちょっとくらい説明してほしい」僕はロジを見た。その言葉が言えるくらい、多少は呼吸が戻ってきたからだった。

「ちょっと待って」ロジは僕の顔の前で片手を広げた。銃もステアリングも握っていない左手だ。

「貴女、そんなものの言い方しているの?」後ろから声が聞こえた。

ロジは、どうやら通信をしているらしい。何度か頷いてから、こちらを向いた。後ろからの指摘は耳に入っていない様子である。

「ペネラピがロボットを四体排除しました。病院までつけてきた運搬車は無人だったそうで、こちらも確保されました」

「ドローンは?」僕はきいた。

「今は飛んでいないようです」

「誰が差し向けたのか、わかっているの?」

「いいえ」

「何を狙っていると思う?」

「わかりませんが、たぶん、私だと思います」ロジは眉を少し顰めた。珍しい表情だ。そういった弱気を表に出さない人格だからだ。

「君の何を狙っているのか、が問題」

「それは、全然わかりません」

「どこへ行く?」

「とりあえず、ニュークリアへ」

それは良い選択だ、と僕は思った。情報局よりも安全な場所はおそらくこの国にはないだろう。核攻撃にも耐えられる設計になっている。

「あのぉ」後ろから身を乗り出して、甘い発音で指示があった。「貴女、もうその銃を仕舞ったらいかが?」

ロジは、返事をしなかったが、銃をドアポケットに入れた。

「あ、あの、名前は何とおっしゃるのですか?」僕は振り返って彼女に尋ねた。

「スズコといいます。よろしく……」恐ろしいほどの笑顔である。

彼女の顔をじっくりと見た。つまり、ウグイ・スズコということか。そういえば、口もとはロジに似ているような気もする。

「そうですか。病院へお見舞いにいらっしゃっていたのですね?」

「いいえ、とんでもない」スズコは首をふった。「呼び出されたんですよ、この子から」

「この子」思わず復唱してしまい、ロジの顔を見た。

横目でこちらを睨まれる。

「病院を抜け出して、大丈夫だった?」僕はロジに尋ねた。

「大丈夫です」彼女は前を向いたまま即答した。「昨日の時点で手術は完了していますから」

「いや、でも、術後の養生《ようじょう》というものがあるのでは?」

「激しい運動をしないように、というだけです」

「激しい運動って?」後ろからスズコが尋ねた。「もう充分に激しい運動ですよ」

「ロボットは、君を狙っていたのかな。何が目的だろう? えっと、命を奪おうとしたのか、なにかを聞き出そうとしたのか、それとも、拉致《らち》しようとしたのか?」

「警察を呼ばないの? そうすれば、激しい運動にならずに防げたかもしれない」スズコが言う。

「警察を待つ時間がありましたか?」ロジが言い返す。

「まあまあ」なんとなく、僕は間に入ってしまった。

「状況から考えて、拉致だと思います」ロジが僕の問いに答えた。

「その可能性が八十五パーセント」クラリスの声が囁いた。僕だけが聞こえたようだ。

「残りの十五パーセントは、殺害した上で遺体を確保する目的です」

「そうだね、もし殺すだけのことなら、ロボットが四体もいらない」僕はロジに答えた。

「あ、ちょっと今のは、ショッキングすぎる発言だったかな」

「かまいません」ロジは口もとを緩めた。

殺害が目的ならば、超小型のドローンか遠隔銃弾で事足りる。情報局が病院でどの程度の護衛をしていたのかによるけれど、ペネラピ以外に局員は見当たらなかった。もっとも、ロジ自身が自分の身を守るだけの防御力を備えていることは確かだ。現に拳銃《けんじゅう》を所持していた。

「仲が良いこと」後ろでスズコが呟く。「いえいえ、よろしいのよ、その方が」

「いちいちコメントはいりません」ロジが言った。

「独り言ですよ。ここは黙っていないといけない場所なの？」

「ええ、黙っていて下さい」ロジが言った。いつもよりも少し強い口調だった。スズコに向けた発言はやや棘《とげ》がある。「緊迫した事態なんですから」

「あら、そうなの」スズコが言い返す。「緊迫してるんだぁ」

「仲が悪いの？」僕はロジに顔を近づけた。「何のためにお姉さんを呼んだの？」

「お姉さん？」ロジがこちらを向く。「それって、ジョークですか？　違います。私の母です。どうかよろしく！」

「え？」

なんだ、そうか。名前のタイプが違いすぎるとは思ったのだ。

6

その後は不審な追跡者もなく、ニュークリアに無事に辿り着いた。ロジは、情報局内の医療センタで検査を受けることになった。いちおう、手術を受けたばかりだからだろう。スズコはそれに付き添うと主張した。

「あとにして下さい」ロジは母親にそう言った。「部屋で着替えてきたら?」

「そう?」スズコは口を尖《とが》らせ、不満げな顔である。

ニュークリアへの入場と、ここに宿泊する手続きをしてから、客用の居室へ案内されていった。

別れたあとすぐに、ロジからメッセージが届き、母親を呼んだ理由は個人的な問題だ、とのことだった。それくらいのこと、直接言えば良いのに、と思ったけれど、母親の前では話せなかったのかもしれない。とりあえず、その個人的問題をもう少し詳しく教えてもらえないか、とき返したものの、その後の返事はまだない。

ペネラピが戻ってきて、通路ですれ違った。軽く頭を下げただけで無言だった。どうやってロボット四体を排除したのかなど、なにか報告があっても良さそうなものだ。

局長に会おうと思い、局長室へ向かったが、不在だった。早朝で勤務時間外だからしかたがない、と思ったが、秘書らしきロボットに尋ねると、今は会議中らしい。まだ直接には一度も会えていない。

僕は、この施設に自分の部屋がない。居場所がない状況である。しかたがないので、昨日と同じ、談話室へ行き、かつての自分の部屋のつもりでコーヒーを飲むことにした。部屋には誰もいなかった。

ロジとじっくりと話がしたい、と思っていた。何が起こっているのか、彼女はきっと僕よりは知っているはずだ。そんな顔だった、とほぼ確信できる。機密扱いの情報があって、僕に話せないのだ。

突然ドアが開いたので、驚いて立ち上がってしまった。幸い、コーヒーはテーブルに置いていたので、零《こぼ》さずに済んだ。現れたのは、ロジに似たオーロラだった。会いたいという気持ちが伝わったような気が少しだけした。

「ご無事でなによりです」近くまで来て、優しく言った。片手を差し出す。どうやら、ソファに腰掛けるように、という意味のようだ。僕は座り直した。オーロラも、テーブルの反対側の椅子に腰を下ろした。

「なにか、話せる情報がありますか?」僕は尋ねた。意識して落ち着いた口調を心掛けたつもりだ。それくらい、落ち着かない状態だと自覚できた。「そもそも、何故、ロジのデータを盗んだのか、それから、病院へ現れたロボットは誰が差し向けたのか、その目的は何か?」

「実は、ロジさんから、説明を依頼されました」

「え? どうして、本人が言わないの?」

「その理由は、私にはわかりません」オーロラはそこで一呼吸置いた。「ロジさんは、人工器官のメンテナンスなどのため定期診断を受けていますが、それとは別に、数カ月まえから体調がすぐれないことから、ドイツで精密検査を受けました。そのとき、未確認のウィルスに感染している可能性がある、との結果が出たのです。本局とやりとりをしつつ、遠隔で可能な診察を続けていますが、その後、彼女の症状は小康状態で、特に悪化するような兆候は認められません。ウィルスは新しい手法の検査から確認されています。これまでに発見されていない新しいタイプのウィルスです。体調不良に関係があるのか、あるいはまったく無関係で、良性のものなのかも、現在調べている途中で、結論は出ておりません」

アナウンサのような滞りのない話を僕は聞いていた。ニュースを聞いているような錯覚があった。

「そうですか」オーロラが言葉を切ったので、僕は頷いた。「潜伏期間が長いのかもしれない。いつ頃そのウィルスに感染したのか、わかっていますか?」

「おそらく、半年から一年以上まえの可能性が高い、と推定されています。複数回の検査で、体内に広がる速度が測定されていますので、その逆算による推定です。あまり精確ではありません」

「どうやって伝染するの?」

「わかりません。新しいものなので、過去にデータがなく、タイプからも推定できませんでした。型が似たウィルスが存在しないためです。発見されたのも、奇跡的な偶然でした。最近開発された新しい測定方法でしか検出できないもので、過去に見つかっていないのはそのためです」

「人から人へ伝染するかもしれない?」

「可能性はあります。まもなく、ロジさんに接触した人は検査の対象になるはずです。ご希望でしたら、すぐにでも検査をさせていただきますが」

「いや、希望はしない」僕は溜息をついた。「いや、どちらでもかまいません。それより、データの漏洩は、そのウィルス絡みだったということ?」

「はい。当然、そのように演算されます。百パーセント確実だとはいえませんが、ほかのデータへのアクセスがなかったこと、また、ロボットを病院に送り込んだことなどから推測して、ウィルス関連の情報を得ることが目的だと考えざるをえません。四体のロボットは回収して、現在解析中ですが、メモリィは自動消去されていました。また、メカニックからは、オリジナルのものだと判断できました」

「オリジナルというのは?」

「つまり、製品として一般に市販されているタイプではない、ということです」

「うーん、ということは、どこかの軍隊の兵器だということかな?」

「その可能性が最も高いと思います。そうでなければ、独自に作られたプロトタイプ、すなわち試作品かもしれません」

「どちらにしても、個人で作れるものではないし、組織だとしても、資金力があって大きな力のある組織になる。たとえば、ウォーカロン・メーカくらい大きな……」

「電子部品には、ヨーロッパ製とアジア製のいずれも使用されています。また、病院内で活動したトランスファの痕跡も、一部ですが検知することができました。ロボットと連携して動いていたものとみられます。途中から、こちらのトランスファが応戦し、早々に退散しました。情報局の対応が早かったのは、ロジさんがあらかじめ、その可能性があると指摘していたからです」

「ロジは、こうなることを予測していたのか……」僕はまた溜息を漏らした。「教えてくれないんだ、そういうことを。まあ、役に立たないと認識されているから、しかたがないけれど」

「そうではないと思います。グアトさんの安全を第一に考えられたのでしょう。それに、適材適所というものがあります。充分な防御ができたわけですから、対処は的確だったと評価されます」

どうやら、僕に伝えるよりも、ペネラピを呼ぶ方が適切だ、という意味らしい。たしかに、そのとおりである。

「それはそうと、彼女がスズコさんを呼んだ理由は?」僕は別の質問をした。

「スズコさんがウィルスの専門家だからです」

「え? ああ、彼女は医師なの?」

「いいえ、研究者です。日本では、新種ウィルスの第一人者といわれる方です」

「あ、そう……」僕は驚いた。「そんなふうには見えないね」

「それは、おっしゃらない方がよろしいかと」

「そう、そうだね、うん」危ういもの言いをしてしまったと後悔する。「でも、ピアニストかと思ったんだ。なんか、指が長い手をされていたから」

「その観察眼には感服いたしました」オーロラは微笑んだ。「彼女は、一流のピアニストとしても有名です」

「あ、そう……、そうなんだ。ピアノって、うん、あの、楽器のピアノだよね?」

「ほかに、どのようなピアノをご存知なのでしょうか?」

7

スズコと二人でランチの約束をした。メッセージを送ったら、「嬉《うれ》しい！」と即座にリプライがあったからだ。

ホテルをキャンセルして、このニュークリアに宿泊するための手続きも行った。ここに勤めていたのだから、簡単だろうと思ったのだが、身元を証明するために、少々手こずった。そのようなルーチンに慣れていないせいもあるが、公共機関の手続きの難しさも昔ながらのものがある。

午前中は、図書館で調べものをした。ウィルスに関する記事を検索したが、この種のことは専門外で、専門用語がほとんどわからない。電子ウィルスならば、どのような対処が必要だと想像もできるし、そのメカニズムも理解しているつもりだが、生体に入り込むウィルスについては、ほとんど無知だった。しかし、斜め読みした範囲では、結局、電子ウィルスと類似の点が多いということがわかった。否、反対である。電子ウィルスが、本来のウィルスを真似《まね》てデザインされているのだ。ということは、生体というシステムも、細かいプログラム、そしてコードの集合体であり、そのそれぞれが、いたって単純な原理で活動していることを示しているだろう。

本来、ウィルスは宿主を蝕《むしば》むようなことはない。それでは自身にとっても不利益となるからだ。自分たちが繁殖し、繁栄することが目的なのは、生命を有する植物や動物と同じらしい。どうして、自分たちが繁栄する方向へ進もうとするのか、という点には疑問を感じるけれど、その答としては、繁栄したものが生き残った、というだけの原理だろうか。

正午になったので、ランチの約束の場所へ向かった。といっても、情報局の食堂である。いつも、ここで食べていたのだ。

入口から見渡すと、スズコが壁際に立っていた。僕を見つけて、片手を顔の横で広げた。ロジがけっしてしない動作である。僕はそちらへ歩いていった。

「懐かしい感じですね」彼女から言葉が出る。

「何がですか?」当然の質問をしないではいられない。

「この食堂ですよ。昔ながらのシステムじゃないですか」

「そうですね、そう言われてみれば……」僕は納得以前に見切りで頷いた。

どうやら、社員食堂風のセルフサービスのことを「懐かしい」と評しているみたいだ。トレィを持って、カウンタのロボットに注文内容を述べ、その料理を出してもらう、という形式のことである。たしかに、どこにでもあるものではなく、あまり見かけない。でも、学校ではこんなふうだったような気がする。食堂のシステムなどどうだって良いことなので、まったく記憶に留《とど》めていなかった。最初に注文したら、すべてをトレィにのせて持ってきてくれる方が技術的に簡単なのではないか、とさえ思えたけれど、このまま考え続ける価値があるとは思えない。

二人それぞれ注文した料理を持ってテーブルまで歩いた。三分の二は空席だったが、できるだけ周囲に人が少ない場所を選び、一番遠い壁際まで移動し、向かいあって席に着いた。

「それで、先生はどう思われます？」いきなり質問された。

「何がですか？」と尋ねざるをえない。

「あの子の病気のことです」

「ああ、それはもう、とても心配しています。でも、どんな病気なんですか？　そういった説明をまだ受けていません。新しいタイプのウィルスだとは聞きましたけれど」

「データベースにない、という意味で、新しいといっているだけです。古くても、見つからなかっただけかもしれません。ちゃんと調べているのかどうかも、疑わしい。こういうのもなんですけれど、結局は、測定器の問題などではなく、測定値から判断する人間の問題であることがほとんどです。ちゃんとした人が見ないと簡単に見過ごされます。本当に本当に、この国の医療って駄目なんですよ。そういう遅れた分野なのです、恥ずかしながら」

「病院で検査をした結果を、詳しくご覧になりましたか？」

「はい、もちろんです。でも、一般の測定値を見ただけではわかりません。データが漏洩したと聞きましたけれど、あんなデータに意味があるとは思えません。ウィルス関係で狙ったとしたら、外していますね」

「でも、ロボットが病室まで押しかけてきたんですよ」

「そう……、怖かったですねぇ。何を考えているのかしら」

「ロボットは考えていません。指示に従っているだけですから」

「いえ、その指示をした人たちがですわ。きっと、情報局員だからって、特別な処理をしていると勘違いしたのではないでしょうか?」

「特別な処理、というと?」

「いえ、わかりませんけれど」スズコは首をふった。「あまり、あの子のことを詳しく知りませんの。なにも教えてくれないんですから」

「ああ、ええ、そういうところはありますね。でも、お母さんだけではありませんよ、私にも教えてくれません」

「まあ、お母さん? ちょっと、それは、その、どうかしら?」

「あ、え? そうですか、いけませんか? 変でしたか?」

「だって、私は貴方のお母さんじゃありませんでしょう」

「いえ、それは、ごもっとも。ええ、そのとおりですが、でも、普通、その、えっと、義理の母という意味で、お母さんと呼ぶのではありませんか？」

「さあ、そのような風習というのか、文化ですか？　違うかしら。そういった方面に、私は心得がありませんので、ちょっとびっくりしてしまいました。ごめんなさいね」

「すみません、驚かすつもりはありません。ほんの、その、えっと、つい出てしまっただけでして……」

「そもそも、その義理の、という部分は、どうなのかしら。よろしいの？　それで？」

「ああ、なるほど、それはたしかに、そうかもしれませんね。法律的に、という意味ですね？　だって、もう、そんな法律はほとんど有名無実ではありませんか、そうでしょう？　えっと、スズコさん」

「いえいえ、呼び方に拘《こだわ》っているわけじゃありません。そんなのは些細《ささい》なことですわ。それよりも、大事なお話をしていたように思いますの」

「そうです、そのとおりです」僕は小さく深呼吸をした。「ウィルスについてですね。それで、これから、どのようにすれば良いか、なにかお考えですか？」

「試料を持ち帰って、私の研究室で測定をし直します。その結果によります。どう判断するのかまでは、今はなんともお話しできません」

「研究室というのは、どこにあるのでしょうか？」

「キョートです」

「そこまで行かないと、できないものですか？」

「そうですね、できないことはありません。設備として特別なものが必要ということはない。ただ、専属のスタッフが数名おります。彼らを呼び寄せて、一週間ほど時間をいただけるのでしたら、こちらでも可能だと思います。あ、あのぉ……」

「何ですか？」

「お食事が冷めます。さきにいただきましょう」スズコは微笑んだ。そういえば、その唇《くちびる》の形がロジに似ている、と気づいた。

「あ、すいません」僕も微笑み返した。「そうしましょう」

しばらく黙って食事をした。僕はカレーライスである。だいたいこれを食べていたような気がする。この料理は、どの皿から食べようか、と考えないでも良い分、ストレスがない。

「難しいのです」スズコが呟くように語り始めた。「ウィルスって、つまりは組み合わせなんですよ。シンプルなものがさまざまに組み合わさる。偶然に組み上がったものが、なんらかの結果を出す、それで、自然にそのパターンが繰り返される。ですから、ほとんど数学の世界といいますか、数値解析に没頭することになります。地道な作業が続くんですよ。そのせいか、そのわりにか、そうね、あまり世間には認められていません。ほんのたまに、世間の流行と当たりそうになると、製薬会社からお声がかかることもありますけれど、いえ、それでも、個人の利益になるようなことはほぼありません。国からいただけるお給料だけで、細々と続けているという意味では、そうですね、天文学者に近いと思います」

ピアノの話をしようと考えていた。実は今では楽器職人だとも、最後まで言い出せなかった。

8

宿泊するための個室の準備が整った、との連絡があったので、さっそくその部屋に入った。ホテルから自分の荷物、バッグ一つだが、もちゃんと届いていた。狭い壁に囲まれた部屋でベッドが一つ、椅子が一つ。あとは、簡単な端末があるだけ。屋外の風景を映し出す設備もない。殺風景とは、このような環境のことだろう。

やることがないのでベッドで横になっていたら、たちまち睡魔に襲われた。まだ時差ぼけだろうか。今朝の騒動で少々肉体疲労だったかもしれない。

また夢を見た。

スズコがピアノを弾《ひ》いていて、その横に大きな望遠鏡があった。天井《てんじょう》を見上げるとドームになっている。望遠鏡の先には、星空が見えた。つまり、天井が一部開いているようだ。しかし、ピアノを弾きながら天体観測とは、なかなか優雅なことではないか。彼女が弾いている曲名はなにかわからない。セレナードのようだけれど、聴き覚えはない。鍵盤《けんばん》の上でしなやかに踊る彼女の指をしばらく眺めていた。

「月がご覧になれますよ」こちらを見ずに彼女が言った。

「月は、望遠鏡がなくても見られると思いますが」

「地球の月はね」

望遠鏡の近くにモニタがあったので、それを見るために近づいた。ホログラムで立体的に表示されている。望遠鏡とは無関係なのかもしれない、とも思った。ある天体の周囲を二つの小さい天体が回っている。中央が惑星なら、衛星ということになる。あるいは、これは原子核と電子だろうか。否、それはかなり古いモデルである。電子の軌道や運動はこんな規則正しいものではない。

曲が終わったので、そちらを振り向くと、そこにいたのはスズコではなく、ロジだった。そういえば、鍵盤の上の手は、ロジの手だったではないか、と思い出す。

「お母さんの話を今までしなかったね」僕は話しかけた。

「話したくありませんから」ロジはいつもの澄まし顔である。

「どうして？」

「私たちとは関係がないからです。グアトに影響のある話題ではないので」

「それは、そうかもしれない。私だって、親や親戚《しんせき》の話をしたことはない」

「ええ、知らなくても良いことだと思います」

「しかし、目の前に現れて、話もしてしまった。知合いになった。そうなると、多少はなにか知りたくなってしまう。どんな人？」

「見たとおりの人です。裏表はありません。少なくとも私が知っているかぎりでは」

「ウィルスのことが心配で、彼女に相談したんだね？」

「はい。母親だから、という理由ではありません。単純に職業的な能力の問題です」

「情報局では、精確な測定が難しいと聞いたけれど」

「はい。局長に掛け合っています。母の研究スタッフを呼び寄せるか、あるいはキョートまで私が行くか」

「君が出向く必要があるの？　血液とか、なにかサンプルを採取して、それを送れば良い話では？　そんなふうに聞いたけれど」

会話をしているうちに、これは夢ではない、とようやく気づいた。ベッドに横になったまま目を瞑《つぶ》っていたけれど、目を少し開けてみると、ロジの声は、僕の顔の横に置かれていた端末を通して伝わっていた。

「測定データをむこうへ送る方法でも可能ですけれど、その場合、データを比較的容易に盗まれてしまいます。かといって、スタッフを呼ぶ場合には、その安全確保が問題になります。一番簡単なのは、私がむこうへ行くことかと」

「いや、それこそ危険だよ」

「一般人よりは、安全の確保がしやすいと思います。こういったことには慣れていますから」

「君は現役ではないし、しかも病人だよ」

「それは間違った認識です。私は現役ですし、しかも病人ではありません。普段と変わりありません。運動能力も思考能力も衰えていません」

「だけど、具合が悪いって聞いた。私は気づかなかった。いつ頃から?」

「いえ、大したことはありません。大丈夫です。気づかれないようにしていましたから」

「それは悪いことをした。謝るよ」

「意味がわからない。何を謝っているのですか?」

「いや、そんなふうに、その、君に気を遣わせたことに対して」

「ですから、気を遣ったわけではなくて、普通の行動です、ごく自然な。どうして謝るのですか?」

「悪い悪い、いや、怒らせたね」

「怒っていません」いや、絶対に怒っている。しかし、微笑むしかない。微笑んでも、声には出ないから、伝わらないだろう。

「大丈夫、会いにいこうか?」

「今、無菌室にいるので、面会謝絶です」

「わかった、とにかく、局長に会って、相談してみる。また会いにいくから、可能になったら連絡して」

通信が切れたようだ。僕はまだ目を瞑っていた。ピアノや望遠鏡はもうどこにもなかった。そういった夢舞台のヴァーチャルだったかもしれない。月が二つある惑星といえば、火星である。比較的地球に近い。名前を知っているはずだが、どうしても思い出せなかった。

情報局内は安全だけれど、クラリスと会話ができないのは辛《つら》い、と強く感じた。それ以前に、ロジの顔も見ることができない。久しぶりに一人になった気がする。

もともと僕は、この一人の環境、つまり孤独を愛していた。他者に関わらない生活が長かったし、それが自分の自由の根源だとさえ考えて生きてきた。それが、ロジに出逢《であ》って、情報局で働くようになり、この歳になって大きく人生の進路が変わってしまった。どちらの生活が良かっただろうか、とときどき考えるのだが、どこかに選択できるチャンスがあったわけではない。成り行きでこうなったのだし、今さら考えても元に戻ることはできない。

午後になって、医療センタから呼び出しがあり、ロジのことかと急いで向かったところ、僕自身の診察を行いたい、と告げられた。

どうやら、ロジと同じウィルスに僕が感染している可能性を調べる、とのことらしい。なるほど、そういうこともあって、比較的短時間で宿泊許可が下りたのか、とも考えた。

カプセルのようなものに入り、しばらく長閑《のどか》な音楽を聴いた。そのうち眠くなり、また夢を見た。ヴァーチャルなどなくても、簡単に好きな場所へ行き、面白い体験ができるのだから、人間の脳の夢を見る機能は、人類の未来を先取りしていたのだな、などと考えた。否、逆かもしれない。夢を見続けてきたから、自然にヴァーチャルというものが生まれ、誰もが抵抗なく参加できたのだ。

カプセルの中に三十分ほどいたようだ。出たあと、別の部屋で医師と会った。見たことのない顔で、見た感じでは若い男性である。ウォーカロンかもしれない。

挨拶を交わしたあとも、医師はホログラムをじっと見つめ、しばらく無言だった。

「どんな結果なのですか?」僕はきいた。

「特に、差し迫った懸念《けねん》はありません」医師は答える、「どうですか?　なにか自覚症状がありますか?」

「いいえ」僕は首をふった。答えてから考えてみたが、夢をよく見るようになったこと以外に思い当たるものはなかった。「よく眠れますし、不調を感じることもありません。いたって健康だと思いますが」

「まあ、そうでしょうね。どの数値も異常はありません。ご心配になる必要はありません。ただ、疑われているウィルスの感染については、陽性です」

「え、感染しているのですか？」

「はい、感染しています」

「そのウィルスの名前は？」

「もうすぐ、名づけられるはずです。まだ決まっていません」

「とにかく、病気なんですね？」

「いえ、発病するようなタイプのものかどうかも、まだはっきりしておりません」

「何がわかっているのですか？」

「分子構造の一部と、増殖する速度くらいですね」

「今も増えているのですか？」

「一回の測定ではわかりません。二週間後くらいでもう一度検査をすれば特定できます」

「増殖して、ウィルスが多くなったら、不具合が出てくるわけですね？」

「その可能性はありますが、断定はできません。ある程度増えたところで頭打ちになるのが一般的です。というのは、原資となる分子組成に限りがあるため、個体当たりの培養環境指数が相対的に減少するためです」

「どうやって伝染するのですか？」

「わかっていません」

「こうして話をしているだけでうつりますか？」

「呼吸器や唾液《だえき》などには、ほとんど含まれていませんので、感染しにくいと推定されます。でも、程度問題です。可能性がないわけではありません」

目の前の医師は、顔全体を覆《おお》うマスクを装着しているので、今はきっとうつらない条件なのだろう。

「血液や筋肉、あるいは臓器内に多く存在するとの報告があります。ですから、濃厚な接触による感染が、主な経路ではないかと考えられます」

「そうですか。あの、私とロジは、どちらがさきに感染したのでしょうか？　それは判定できますか？」

「できます。貴方の方があとです。奥様がさきに感染しました。ウィルス密度からすると、数カ月早かったと推定されます。その後、奥様から貴方にうつったことになりますね」

濃厚接触と言いたげだったが、表情は変わらなかった。僕もじっと視線を動かさずに我慢をしたが、確実に幾らか血圧が上がっただろう。

「まあ、それは、そのとおりでしょう」僕は落ち着いた自然な口調で話した。「私はほとんど外に出ないし、人と接する機会も多くありませんから……。そもそも、病気にならないようなウィルスというものが存在するのですか？」

「定義によりますね。どこからが病気なのか、どこからがウィルスなのかという境界は明確な線引きがあるわけではなく、グレィゾーンのものが多数存在します。たとえば、潜伏期間が百年というウィルスがあったとしたら、これまでには発見されなかったでしょうし、病原体として認められない、というか、そもそも医学で取り扱われることもない可能性が高くなります」

「そういった異物というものが、沢山《たくさん》あるわけですね？」

「もちろんです。無数に存在します」

これは、社会や地球にとっても、ほぼ同じことがいえるのではないか、と僕は思った。わかりやすい働きをするものもあれば、あってもなくても周囲に影響を及ぼさないものも数多い。むしろ、そういった存在の方が多数ではないか。

だが、あるときなにかの拍子《ひょうし》に、それらが環境に影響を与えることもないわけではない。多くなっても、また少なくなっても、なにかしらの影響が出始めるものだ。これを、バランスが崩れる、などと表現することが多いだろう。だが、そもそもバランスを取るために存在するようなもの、バランスを取るために生まれるようなものは、この世に存在しないのだ。

9

スズコのキョートの研究室では、警察と情報局の合同捜査本部が持ち込んだ男性の遺体の検査を行っていた。それが誰で、またどのような測定をするのか、情報局からは具体的な指定はなかったものの、少なくとも死因を特定しろ、といった単純な検死ではないことは明らかだった。

さらに、出張中のスズコからの暗号化された連絡が入り、未知のウィルスに関する疑いがかかっているのかもしれない、少なくともその可能性を念頭に測定するように、と指示されたこともあって、スタッフは緊張に包まれた。

遺体は、三十代前後でアジア系と思われる遺伝子だった。検査の結果、スズコから送られてきたデータとも参照し、同一のウィルスに感染していることが判明した。それ以外には目立った特徴は見られない。人工臓器の多くは、埋め込まれたチップによれば、フスで製造されたものである。

この結果は、スズコのいる情報局ニュークリアへ暗号化して送られた。情報局からは、遺体を焼却せず、冷凍保存するように、との追加指示が返ってきたが、あいにく、研究室にはそのような設備がない。小さなもの、たとえば臓器程度ならば可能であるが、人体を丸ごと保存するような大型の機器は、近くでは大学の中央医療局か国立博物館にしかなく、そちらまで搬送してもらいたい、と情報局に依頼した。

情報局でスズコと協議した結果、国立博物館へ搬送することを決定した。この博物館は、クジ・マサヤマに所縁《ゆかり》のある品々を収蔵している。僕は以前にクジ博士のノートを内緒でコピィしたことがあり、情報局もそれを承知している。そのこともあってか、午後三時過ぎに、ケン・ヨウの遺体が国立博物館へ移されることになった、と知らせが届いた。

ケン・ヨウの死因については、スズコの研究室へ搬送される以前に、服毒自殺と断定されており、この件についての続報はない。

夕方になって、ようやくロジと会うことができた。彼女は、検査のため安定剤を飲んだらしく、いつもよりぼんやりしているようだった。もっとも、いつもがぼんやりしなさすぎであることは、大いに指摘したいところだ。

スズコとの話や、キョートでのケン・ヨウの検査結果などをロジに伝えた。また、ウィルスの精密検査のためには、キョートへ行くか、キョートからスタッフを呼び寄せるか、どちらかの選択をしなければならないが、この点についても再度確認した。ロジは、自分がキョートへ行くと即答した。ついでに、ケン・ヨウについても、遺体の確認をしたい、と言うのだ。

彼女は、国立博物館へは行っていない。あのときは、セリンとペネラピが一緒だった。

そこには、ドクタ・マガタに関係する遺品も保管されている。僕が詳しく話したし、セリンが記録した映像も見ているはずだが、やはり自分の目で見たい、とロジは言った。

「見ても、特になにかがわかるわけではないよ。それに、今の問題、つまり新種のウィルスとは無関係だ。ケン・ヨウ氏については、彼がどんな活動をしていたのかを、情報局は調べているはず。遺体からは、なにもわかっていない。ただ、彼からもウィルスが見つかったことは、ちょっと驚いた」

「そうですよね。どこかに接点があったのか、それとも、もう大勢の人が、このウィルスに感染しているのでしょうか？」

「それは、まだわからないけれど、多くはないという話だった。現段階では極めて少数だと推定されている」

「私は、どこで感染したのでしょう。グアトにもうつしてしまったんですね」

「でも、なにも症状がない。君は不調だったようだけれど、私は全然いつもどおり」

「頭が痛いとか、あと、食欲がないとか、ありませんでした？」

「さあ……、それは、日頃でもあることだから、わからないよ」

「頭痛がですか？　食欲がないこと？」

「どちらも、しょっちゅうだね」

「そんなふうには見えませんでしたけれど」

「お互い様っていうんじゃないかな」僕は微笑んだ。

彼女はベッドで横になっている。その横のベンチに僕は腰掛けていた。窓のない部屋だが、ベッドから見て正面の壁に風景が映し出され、ときどき場所や時間を変えた映像に切り替わった。

「最近、夢を見ない？」僕は尋ねることにした。

「夢って、普通に見るものなのでは？」

「うーん、私の場合、なんか、まえよりも多い気がする。しかもよく覚えているし、現実に近い内容のものが多いというか……。以前は、そう、もっと全然違う世界の物語だったりしたんだけれど、この頃はやけにリアルなんだ」

「そう……、そう言われてみれば、そうかもしれません」

「え？　君も、見る？」

「ええ、わりと現実的な、心配事がそのままで、しかも、それについてあれこれ考えている自分がいて、周囲の人たちも出てきて、相談したりするんです」

「でも、実際には、そうじゃなかったんだね？」

「そうです。夢では相談しましたが、実際には内緒にしていました。この判断は正しいと思います。つまり、夢だから、ちょっと羽目《はめ》を外したということですね」

「羽目を外すっていうのは変な表現だと思う」僕は吹き出した。「えっと、少し自制が利いていない状況？　我慢しきれなくなっている、そんな感じかな？」

「そうです、そうです」

「私は、君のお母さんがピアノを弾いている夢を見たよ」

「うわぁ、それは凄《すご》い。本当ですか？」ロジは目を丸くした。小さく口を開けたまま固まっている。「いつ、見たんですか？　今日会ったばかりじゃないですか」

「昼寝をしたとき」

「それくらい、強烈な印象だったんですね」ロジは可笑《おか》しそうに話す。「ああ見えても、私よりもだいぶ歳上なんです」

「当たり前だ」僕は笑ってしまった。「でも、途中で君になった」

「どういうことです？」

「お母さんと話していたのに、気がついたら、君と話していた。昼間に話したときだよ」

「ああ、あのときですか。夢見心地だったのですね。邪魔してすみませんでした」ロジは笑っている。冗談で言ったようだ。

「仲が悪い？」

「そう見えますか？　いえ、会うと、なんか、反発したくなりますね、自然に」

「なるほど。わからないでもない」

「え、わかるんですか？」

「わからない、でもないことはない」

「ねえ、一緒にキョートへ行きましょう」

「危険はないかな?」

「チューブで行けば安全です」

「あちらへ着いてからのこと」

「もちろん、護衛を連れていきます。大丈夫ですよ。今までに何度もあったシチュエーションじゃないですか」

「それはそうだけれど、だからといって、わざわざ危険な状況に飛び込むのは……」

「虎穴《こけつ》に入らずんば虎子《こじ》を得ず」

「虎子かぁ……。この場合、何が得られる?」

「相手の目的がわかると思います。このウィルスに関係するようなことかもしれません。実は、少しだけ疑っていること、というか、ある仮説を私は持っています」

「どんな仮説?」

「うふふ」ロジはにっこりと笑顔になった。

「何?　うふふって……。びっくりしたぁ。どうしたの?　なんか、人格が変わっていない?」

「そう?　薬のせいかしら」

普段見られない可愛《かわい》らしい仕草《しぐさ》だったので、あえて追及しなかった。そのうち、その仮説を教えてもらいたいものだ。

第2章　私は何人いる？　How many am I?

ひたいに電極が取り付けられ、睡眠誘発機がパルスを打ちはじめると、つかのま万華鏡のような模様と流れる星々が見えた。だがそれも消え、闇がすべてを呑《の》みこんだ。注射にはまったく気づかなかった。冷気のかすかなおとずれなどなおさらで、いつしか体温は氷点の近くまで下げられていた。

1

ロジの精密検査は、キョートの研究室で行うことに決定した。病院へのロボットによる襲撃はあったものの、相手はそれほど強力な火器を使用しなかった。また、その後はハッキングやトランスファによる関連機関への侵入も確認されていない。こちらの防御態勢が堅固であることを確認し、諦《あきら》めたのかもしれない。

ロジが話したとおり、情報局員は、チューブと呼ばれる地下移動装置が活用できる。一人乗りのカプセルを高速で移動させるもので、政府あるいは国家の一部の者しか利用できない。一般には知られていないうえ、外部から攻撃することはほぼ不可能なので安全性は高い。

ただ、ある区間を一機のカプセルしか通行できないので、二人で同じ目的地を目指す場合、到着に時間差が生じる。場合によっては、小一時間待たねばならない。

今回は、ロジと僕とスズコの三人がチューブで移動し、情報局の護衛部隊は空路でキョートへ向かった。チューブでの移動は察知されにくいが、ジェット機が飛べば、囮《おとり》のキョートでなにかあるとわかってしまう。これはしかたのないことか、それとも、ジェット機を違うところへ飛ばすのか、など検討されたようだが、最後は人工知能の判断に任せることになった。結果として、どう動いたのかは、僕は聞いていない。

スズコの研究室は、大学の近くにある三階建てのビルの一階だった。大学や企業の研究所など複数の機関が共同で使う施設であり、いずれも医療関係の研究グループが五年から十年の契約で間借りしている、と聞いた。スズコは、近隣大学の医学部に在籍していたが、三年まえに独立して、ここのリーダとなった。この関連の研究を支援する国際的な財団から資金を得ることができたためだった。

ちなみに、ロジから聞き出した情報では、スズコのパートナ、すなわちロジの父親はアメリカにいて健在。二人は正式には結婚をしていない、とのことだったので、スズコの姓はウグイではなく、ムグルマというらしい。

到着しても、情報局の防衛部隊の大部分は、どこにいるのかわからなかった。建物の周囲を見張っているのだろう。ただ、僕たち三人には、いつものとおり、セリンとペネラピが付き添っていた。セリンは看護師らしい服装だったし、ペネラピは白衣でメガネをかけ、どこにでもいそうな女医に見えた。僕たちの近くにいても、怪しまれることはないはずだ。当然ながら、ペネラピは、ロジが入院していた病院でロボットに目撃されているので、あのときとは顔も髪型も違う。

到着してすぐ、三十分ほどのミーティングがあった。研究室のスタッフが四人加わり、これからの作業について打ち合わせた。

まずは、ロジが精密検査を受けることになる。およそ三時間、コンピュータが彼女の体内の隅々《すみずみ》まで測定を行い、ウィルスの分布や密度の推移を継続的に観察する。採取した試料からでは得られない動的情報が、このような生体内条件ならば詳細に解明され、また随時微小な刺激などを与えて反応を確認することもできる、との説明だった。よくわからないが、不具合のある機械の修理をする場合には、その機械を動かして観察するし、プログラムの不備を探すのであれば、そのソフトを実行した状態で各数値を監視する。そういうことなのだろう、と僕は想像した。

スズコの研究室というのは、広い一室をパーティションで区切ったスペースで、大小さまざまなケースが沢山設置されていた。測定器らしき装置はむしろ目立たない。スタッフは十人もいないようだが、共通しているのは、安全メガネやフェイスシールドを装着していることだった。そのメガネには、通常より倍率の高い拡大機能が備わっている、と聞いた。

ミーティングのあと、実際の作業となったわけだが、ロジはどこか別のエリアへ連れていかれた。スズコの助手だというロボットが僕にコーヒーを持ってきてくれた。周囲にファイル棚やモニタがあるオープンの応接スペースで、僕は一人それを飲むことになった。クラリスと話をすることもできない。ここもトランスファが入れないようなセキュリティ態勢が敷かれているからだ。最近、こういった場所が増えているようだ。一時よりは、トランスファが活動しにくくなっていることはまちがいない。

病院から漏洩したロジのデータについて、スズコは「大して重要なデータとは思えない」との見解を示した。個人情報ではあるものの、特別に変わった測定結果ではなく、それを利用することで、なにかロジにとって不利益になるような可能性は考えられない、という。

「それは、つまり、盗むものを間違えた可能性がある、ということでしょうか?」僕は彼女に尋ねた。

「私の想像では、おそらく、あの子のことが知りたいのではなく、新種のウィルスに関するデータを求めているのだと思います。それならば、できるだけ多くのウィルス保有者からデータを集めることが重要ですし、また、将来このウィルスによる疾患が顕在化《けんざいか》したときに、いち早く抑制剤、抗体剤あるいはワクチンなどを開発することができるので、ビジネスとして利益が得られる結果となります」

「それを狙っていると思いますか？　感染が広がって、しかもリスクが高い疾患を招くような事態になれば、そのとおりかもしれませんけれど」

「うーん。そこは、ええ、おっしゃるとおり、予測はできません」スズコは目を細め、首を傾げた。「製薬会社というのは、そういった可能性の芽を大事にする体質です。成果に結びつかないものは膨大な数に上ります。ほんの一部が当たれば、それで会社はしばらくは安泰なのです。そんなギャンブルで成立しているビジネスですから。ただ、普通なら、あのような手荒なことをするとは思えません」

「よほど、確率が高いか、あるいは当たった場合に莫大《ばくだい》な利益が得られると見込まれる。つまり、期待値が大きい。ライバル会社に先んじて入手する必要がある。そんな感じに見えます」僕は、自分の想像を話した。

おそらく、あのような危険を冒すのは、政治的な力がある一流企業だ。リスクを冒しても、ミスをカバーする力がある。手荒なことをして、もし事件になっても、それをもみ消す手段を持っているのだろう。どうしても連想してしまうのは、ウォーカロン・メーカのフスである。会社というよりは国家に近い巨大勢力であり、現在、世界を支配しているともいえるパワーを有している。

「近い将来、販売される予定のフスの人工細胞や人工臓器に、なにか関連のあるものでしょうか？」連想した思いつきを、スズコにぶつけてみた。

「ああ、それは、考えたこともありませんでした」驚いた顔で視線を宙に向け、数秒後ににっこりと微笑んだ。「なるほど、そういうところが良いのね」

「そういうところ？」今度は僕が驚いた。何の話をしているのだろう。

「それよりも、ウィルスの情報を狙っているとしたら……」スズコは僕を指差した。「貴方もお気をつけになった方がよろしいと思いますよ」

「ああ、そうかもしれませんね。でも、私が保有者だとわからないのでは？」

「確信できなくても、予測はできます。濃厚接触しているのですから、一番に疑われます」

「そうかぁ……」

「ぼんやりしている部分との落差が激しい」

「え？」

「寒暖差が激しいと、作物には有利なんですよ。植物が比較的良く育ちます」

「は？」

「しびれるんでしょうね」

「あの、保有者なら、ほかにもいるのではないでしょうか」

「そうですね。今のところ、そういった報告はありません。第一、誰も調べていないと思います。なにしろ、測定方法が珍しいものですから。保有者は極めて少数、というのが情報局の認識のようです」

2

午後になって、スズコが話していたことが、ようやく理解できた。ロジが僕のことを気に入った理由について彼女の解釈を述べたものだったようだ。恥ずかしいというよりは、微笑ましい。褒められたのか貶《けな》されたのかも微妙だと感じてしまった。

ああいった場合にどう反応すれば良いのかわからない。その手の作法が身についていないので、言葉が瞬時に出てこない。長い人生、ずっとその方面に関わらずに生きてきたおかげというか、そのせいというか、とにかく、免疫のようなものがないのに等しい。その意味では、ロジだってそうではないか、と思った。どういった環境でロジが育ったのか、知りたいような知りたくないような、定まらない不安定な立ち位置に自分はあるようだ。

その後、研究室のスタッフの検査を行ったところ、全員が当該ウィルスについて陰性だと判明した。当然ながらスズコも感染していない。また、ニュークリアでも、同様の検査が行われたらしい。まだおよそ三分の一程度のスタッフの結果しか得られていないが、一人も陽性の者は見つからなかった。シマモトもセリンもペネラピも感染していない。ウォーカロンも検査の対象となったが、全員が陰性とのこと。ロボットは感染しないので無関係。

まだこのウィルスについては、情報が公開されていない。なにしろ名称も決まっていない。局員が感染したことを情報局は発表していない。ロジが入院した病院の医療スタッフにも箝口令《かんこうれい》が敷かれているが、その人数は数人だという。

機密のままで、世間の人たちの感染状況を広く調べることは困難である。普通の検査で偶然発見されるようなものではない。ロジの場合は、特殊な検査を行う条件がたまたま重なったから判明したのだ。

検査の終わったロジとも、ゆっくりと話ができた。彼女はまだなにか隠しているように見えたが、これはきっと母・スズコとの関係だろう。ロジは、自分の過去をほとんど語らない。実は、僕も同じで、過去を話すことの意味を感じない人間である。

どのような経緯で現在の人格が出来上がったのか、と説明することは、たとえ本人でも不可能なのだ。また、仮に説明できるものだとしても、現在の自分の持っている価値、つまり能力的なポテンシャルに影響はしない。相手にどう認識されようと、自分は自分でしかない。おそらく、ロジもそう考えているのだろう、と想像できる。

二人ともウィルスに感染したことについて、ロジは申し訳なさそうな顔をした。でも、言葉にしなかった。謝りたいところだろう。でも、それは無駄な伝達である。僕がそう考えることを、彼女は理解しているのだ。

とりあえず、今のところ二人とも元気だ。ロジは不調だったそうだが、今は回復した、と話す。僕が観察したかぎりでも、顔色は良いし、言葉にも力がある。きっと大丈夫だよ、とお互いに励《はげ》まし合うしかない。

病院で、ロジが病室から抜け出してクルマを取りにいったのは、クラリスがロジにロボットの侵入を教えたからだった。ロボットの指揮をしたのか、不審なトランスファの痕跡も見つかっている。あの病院のセキュリティが不充分なのは、データ漏洩でも明らかとなったが、クラリスも侵入ができた。

ロジに知らせたことを、僕はクラリスからは聞いていない。ロジの口から伝えるべきものだ、とクラリスが判断したのだろう。人間同等というか、それ以上にこのような機微がわかる人工知能の進化は、実に素晴らしいことだと思う。

周囲の警備をしているセリンとは、彼女が休憩のために研究室へ戻ってきたときに会った。久しぶりである。かつて、ロジの直属の部下だった情報局員で、ペネラピと同じく戦闘を兼ねた任務についている。彼女はウォーカロンだが、小柄《こがら》で少年のような風貌《ふうぼう》のことが多い。成長したためなのか、まえに見たときと印象が変わっていたが、赤っぽい瞳は同じだった。

セリンの話では、総勢十六人が、護衛任務に当っているそうだ。十二時間交代なので、常時八人が配置についていることになる。また、すぐ近くに情報局の支部があるので、すぐに応援を呼ぶこともできるらしい。

今のところ、不審な兆候はなく、未確認のドローンも飛んでいないし、身元不明のトランスファも周辺では活動していないという。

「周囲が道路で、ここは護衛しやすい環境です」セリンが報告する。「周囲のビルも高くないので、狙撃《そげき》されるようなことはありません。ただ、ドローンにとっては、飛びやすい場所です」

「襲撃されるような可能性は低いと思うよ」僕はセリンに言った。

「どうしてですか？」セリンがきいた。

「いや、なんとなく。もし決定的な襲撃をするなら、最初の病院だった。ペネラピが一人で撃退した程度の戦力だった。命を狙ったわけではない」

「私を拉致しようとしたのなら、舐《な》められたものです」ロジが低い声で呟いた。

「病室に銃を持ち込んでいたね？」僕はロジに尋ねた。

「当然です」

セリンとペネラピをつれて、ロジと僕は国立博物館へ行くことにした。本局には、これは事前に伝えていない。情報が漏れることを恐れたからだ。ただ、無断で出向くわけにはいかないので、出かける直前に連絡だけはしておいた。この判断は、ロジが下したものである。彼女は、ペネラピやセリンの上司であり、周囲を護衛している部隊のリーダよりも上位らしい。

もっとも、スズコはロジの外出を止めようとした。

「どうしてですか?」ロジが言った。「私たちがここを離れたら、警護が手薄になることが心配なのですね?」

「違う」スズコはロジを睨んだ。「貴女の身を案じているに決まっているでしょう」

「ありがとうございます。でも、私には私の職務があります」

「何のために行くの? ケン・ヨウの遺体なら、もう凍《こお》っている頃ですよ。見てもなにも得るものはないはず。見たかったら、ここで映像を見たら?」

「そうですね、まず見ましょう」ロジが頷く。「見てから行きます」

記録されていた映像を立体ホログラムで見た。想像していたよりも若々しい青年だった。ドイツでリアルのボディを失い、ヴァーチャルへシフトしたクラーラという女性の友人だった男性である。フスで製造されたウォーカロンと疑われていたが、人間だということが判明した。服毒自殺をしたものと観察されている。それは百パーセント確実なのだろうか。誰かが毒を盛った可能性は否定できない。飲めば意識を失い、数分で死亡する液状の毒薬だったらしい。自分で飲んだと判定された理由は、唇に高濃度の薬物が付着し残留していたためらしい。他殺であれば、なにか別の飲み物に混ぜて使用するはずであり、その場合、気づかれないように低濃度となるという。

「そもそも、どうして遺体を保存しなければならないの？」スズコがきいた。

「それは、私にもわかりません」僕は答える。「ウィルスを保存するためではないでしょうね？」

「それは抽出して、保存してあります」

「フスの人工臓器を多数持っていたので、将来なにか、証拠品として使えると考えたのでは？」ロジが言った。「その手の裁判などを想定しているのだと思います」

「なるほど」僕は頷いた。「でも、実物を保存しなくても、いろいろ記録されたデータがあるわけだから」

「いえ、データは捏造《ねつぞう》できますから、最終的に重みが違います」ロジが首をふる。

情報局員が言うのだから、もっともらしく聞こえてしまう。そういうものか、と思ったものの、フスを相手に裁判を計画しているなんて、想像を絶するとしかいいようがない。

3

国立博物館へは、四人で一般のクルマに乗って向かった。運転はセリンが担当した。ロジが運転したがったのだが、運転席より後部の方が安全だ、とセリンに反対された。

市内をしばらく走り、すぐに到着した。建物はまえに見たときと変わっていない。訪問は事前に伝えていなかったが、受付で身分を名乗ると、顔見知りの館長が現れた。百五十歳の老婆である。前回に名前を聞いたかどうかも覚えていなかったけれど、顔はしっかりと記憶していた。むこうも同じだったようで、僕の顔を見て、微笑んでお辞儀をした。

「遺体の冷凍処理は、まだ途中です。見られますか？」館長がきいた。スズコの予測よりも遅い進行のようだ。「装置の中なので、鮮明には見えませんが」

「ケン・ヨウ氏を見て、どう思われましたか？」僕は尋ねた。

「これはまた、突飛なご質問ですね」館長は無表情である。「どうも思いません。見たことのない人でしたし、私や本館に関係があるとも思えません。ただ、大型の冷凍装置がここにしかなかったから来たものと理解しておりますが」

「そうですか、いえ、変な質問をして申し訳ありませんでした」僕は頷き、話題を変えた。「ところで、このまえ見せていただいたクジ・マサヤマ博士の資料は、その後も変わりはありませんか？　なにか、つけ加えられたとか、新たに見つかったものはありませんか？」

「それが、残念ながら、現物は今ここにありません」館長は眉を寄せて答えた。

「え？　どこかへ移されたのですか？　どこへ行ったのですか？」

「アメリカの博物館から要請がありました。ドクタ・クジの所縁の地であり、多数の遺品などを集めているとのことでした。最後は日本で亡くなったのですが、研究者として活躍されたのはアメリカの時代です。一箇所に集める方が保管し、整理、あるいは研究するうえでも好条件だと判断して、承諾いたしました」

「そうですか……。いつのことですか?」

「半年ほどまえのことです」

「マガタ・シキのものといわれているブロックのケースもですか?」

「はい、もちろんそうです。ドクタ・クジの遺品として」

子供のおもちゃであるブロックを組み立てて作られた保温ケースだった。マガタ・シキがそれで自身の子供の躰の一部、あるいは細胞を運んだ、と推定されているものだ。その細胞から作られたのが、ミチルという名の少年だった、といわれている。ミチルは、クジ・マサヤマの孫であるクジ・アキラとともに殺人事件の被害者となる。しかし、ミチルの頭脳とアキラのボディを繋《つな》ぎ、一人の人間として生き返らせたのだ。それを実行したのが、クジ・マサヤマだった。およそ百年まえのことである。

その世界で初めての実験体は、不運なことに、再び殺人事件に遭遇する。しかし、殺されたのはアキラのボディであり、ミチルの頭脳はクジ・マサヤマによって隠された。百年後に、その頭脳は、母であるマガタ・シキの手に渡った。僕はそのとき、マガタ・シキに会っている。エジプトのホテルの地下駐車場だった。あまりにも鮮明な記憶であり、その後も何度か夢で見る。

僕は、ロジにこれらの遺品を見せたかった。この博物館へ彼女を連れてきたのはそのためだったが、断念せざるをえない。

僕たちは、ケン・ヨウの遺体の冷凍処理をしている装置へ案内された。細胞の状態を確認しつつ、慎重に温度を下げる処理が行われる。これは、生きているものも、死んでいるものも、プロセスは同様らしい。たとえ蘇生が望めない状態であっても、細胞がすべて完全に死滅しているわけではないためだ。

ケン・ヨウが新種ウィルスに感染していることは極秘だった。したがって、この国立博物館にもそれは知らされていない。ロジが病院で襲撃されたのが、ウィルスを手に入れるためだとしたら、ケン・ヨウの遺体にそれがあることが知られれば、狙われる可能性が高い。どこから情報が漏れるかわからないので、博物館側には、貴重な検体であることだけが伝えられていた。それでも、戦闘力を伴う警備が行われているわけではない。情報が漏れていないことを願うしかない、ということになる。

冷凍装置は内部を直接見ることはできない。モニタで映像を確認しても、ただ、白くなった遺体の表面が確認できるだけだった。内部の温度分布を立体的に示したモニタをしばらく眺めただけで、僕たちは辞去することにした。

博物館の一般展示を見て回るような余裕はない。建物から出ると、珍しく高い青空が広がっていた。ロジは、その空を仰ぎ見ている。もちろん、不審な飛行物体がないか、と確認しているのだろう。セリンは、周囲の人工樹木を赤外線でスキャンしているようだった。彼女は、熱源や二酸化炭素濃度の異常を検知する能力を持っている。ペネラピは、常に僕たちより五メートルほど先を歩き、襲ってくる敵を迎え撃つフォーメーションだったが、普通の目で見れば、優雅な女性がお淑《しと》やかに歩いているとしか認められないだろう。

「きっと、そのうちヴァーチャルで閲覧できるようになる」僕はロジに言った。「ここでは、状態を維持して保管するのが精一杯だっただろうね。こういったものに、予算は下りにくい」

アメリカで、それなりの財団がバックについているのであれば、当然そちらの方が好条件だろう。おそらく、マガタ・シキ関連の資料としても、研究者によって調査されるのではないか。

「ケン・ヨウ氏には、ヴァーチャルで是非とも会いたいものです」ロジが話した。「そうすれば、自殺したのか殺されたのか明らかになります。本人が一番よく知っているはずですから」

ケン・ヨウの友人だったクラーラ・オーベルマイヤは、リアルの自分を消して、ヴァーチャルのみで生きることを選択した。彼女もリアルでは自殺している。当然、その連想があった。

「なにも襲ってきませんね」周囲を見回しながら、セリンが呟くように言った。「キョートに来ていることを、まだ察知していない、ということですか」

「チューブで来た甲斐《かい》がありました」ロジが言う。「でも、こちらで活動をすれば、そのうち気づかれることになります」

僕たちはクルマに乗り込んだ。来たときと同じく、僕とロジは後部座席に座った。

「ところで、君は、そのウィルスをどこでもらってきたと想像している?」僕はフランクにロジに尋ねた。

「まったく心当たりがありません」ロジが首をふった。

運転しているセリンが、後ろを振り返ってロジの顔を窺《うかが》った。会って会話するくらいでは伝染しないことは、もちろん知っている。

「そもそも、潜伏期間はどれくらいなのかな?」僕は呟いた。

「私も、それをききました。過去のどこまで遡って思い出さないといけないのかって、思いましたから」

「私にうつったということは、たぶん、ドイツで一緒に生活するようになってから、と考えられるから、そうなると潜伏期間は、長くても二年くらいかな」

「そうですね。それ以前に濃厚接触するような機会はありませんでしたから」

また、セリンが後ろを振り向いた。僕とも目が合って、思わず口を結んだ。

「前を向いて運転する」ロジが注意した。

「はい」セリンが答える。「いえ、ききたいことがあります」

「何なの？」

「潜伏期間にうつることはないのですか？」

「うつる状態なら、潜伏していないのでは？」僕は適当に答える。

「比較的増殖が遅いとも聞きました」ロジが言う。「今日の検査でまた少し詳しくなにかわかるのではないでしょうか」

検査は、明日も行われる予定だ。時間を置いて計測することで、変化を見るのが目的である。

「まったく、なにも影響がない、つまり症状が出ないようなウィルスである可能性もある。そうだとしたら、今やっていることは無駄骨《むだぼね》になるね」僕は言った。

「血液による感染の確率が最も高いので、怪我《けが》の治療を受けたときに感染した可能性もあります」

「そうだ、君は何度か怪我をしているからね」

「早く、これを一般公開して、どれくらいの人たちが感染しているかを調べてもらいたいものです」ロジが僕を見て言った。「上の方で、今それを話し合っているのだと思いますけれど」

「症状が出ないのであれば、公表しないと思う。世間に不安を広げないためにも」

「いえ、それは……」ロジがなにか言いかけて、言葉を止めた。

「何？」

「いえ、なんでもありません」

4

スズコの研究室に戻り、僕は大人しく端末を眺めていた。ロジは、セリンたちと一緒にパトロールに出かけている。本人を護衛するために大勢が控《ひか》えているのに、自分も守る側に参加するのは、いかがかと思ったけれど、この類のことは、これまでにもたびたびあって、彼女には頑なポリシィがあることがわかっているので、口出しをしないように努めている。

そのかわり、建物の屋上へ一人で出て、外の空気を吸うことにした。都会なので、特に空気が良いわけではない。ドイツで生活している村のように静かな環境でもない。雑踏のホワイトノイズが聞こえ、また、緊急車両のサイレンも遠くで鳴っていた。

「私と話すために、屋上へいらっしゃったのですね」クラリスの声が聞こえた。

「あ、屋上は君がいられる環境なんだね」

「隣のビルのルータ、それから街の電信線の交通監視カメラから届きます」

「この建物のセキュリティが弱いともいえる」

「いえ、普通の性能かと」

「トランスファには受難の社会になったね」

「クジ・マサヤマ博士の遺品は、まもなくヴァーチャルで一般公開されます。現在その作業が行われています。ケン・ヨウ氏は、自殺である確率が九十五パーセント以上、とアミラが演算しました。フスの影響下から逃れようとした形跡もありましたが、その証拠は現在は消去されました」

「それは、フスが消去したということ？」

「はい、そう考えるのが自然です」

「裏切り者だったというわけかな。それで、ヴァーチャルへ逃亡した」僕はそこで溜息をついた。「ヴァーチャルだったら、命を狙われない、と考えたのかもしれない。でも、それは必ずしも正しくはない。ヴァーチャルでも人格を抹殺することはできるし、苦しみを与えることもできる。むしろ、より多く、酷《ひど》い目に遭わせられるんじゃないかな。ただ、逃げる方にしてみると、姿を消しやすいという利点はある。自分でコードを書き換えられる能力があって、その技術が飛び抜けていれば、比較的安全な場所にいられそうだ。たぶん、ケン・ヨウ氏は、その自信があったんだろう。クラーラもそうだったかもしれない。二人で、一緒に生きている可能性は高いね」

「完全にヴァーチャルへシフトした場合、その後の能力的な成長がどのようになるのか、という問題があります」クラリスはそこで言葉を切った。「これは、オーロラの意見です。人工知能も人間の頭脳のような成長をするでしょうか。知識を学び、考えることで理屈を構築することはできます。でも、突飛な変貌《へんぼう》を遂げることはありません。脳細胞が成長するのとは、基本的な部分で差があります」

「うん、その点は、そうだね、なんともいえない。しかし、生命体の成長だって、幾らかのパターンがある。それをアルゴリズムとして取り込むことは物理的に可能だ。むしろ、そういった飛躍を頻繁に生じさせることができるから、成長の速度も早められるかもしれない。難しいのは、むしろ、人格というか、アイデンティティを保持すること。精神的なバランスを崩さないこと。この自己コントロールを持続することの方が難しいと思う」

「異常な精神を生むかもしれない、という危惧《きぐ》でしょうか。その点は、基礎的な安全システムが未然に防ぐはずです」

「どこまでが正常で、どこからが異常か、という判断を誰がするのか」僕は言った。「少なくとも、自身では、その判定はできないように、私は思うけれど、うん、どうだろう？　人工知能であれば、絶対的な客観性を持っていられるかな？」

「人間にはできなくても、多重人格を容易に維持できる人工知能ならば、自己評価が可能だと思われます」

「うん、理論的にはそのとおりなんだけれど、どうかな？　問題は人工知能に感情という反応が育ったあとの話なんだ」

「将来的に不安がある、とのお話ですね。理解しました」

空が眩《まぶ》しいので、足許ばかり見ていた。コンクリートの継ぎ目や防水処理のレジンが剝《は》がれかかっている様をぼんやりと眺めていた。屋上にはなにもない。設備機器などは地下に設置されているようだ。周囲の柵《さく》はシンプルなデザイン。ペントハウスの上に、アンテナと避雷針《ひらいしん》があった。気象観測用のセンサらしきもの、そして全方向型のカメラも設置されているようだ。僕がここにいるのを、誰かが見ているのかもしれない。もちろん、誰かといった場合、ほとんどは人工知能である。

「ロジの様子をどう思う？」僕は突然思いついたことをクラリスにきいてみた。

「ご質問の意味が理解できません。私は、ロジさんの様子をあまり知りません。こちらへ来てから、私が入れない環境に彼女がいることが多いためです。ご心配なことがありますか？」

「うん、なにか極秘の情報を知っていて、それが私には話せない、というストレスがあるようだ。私は聞き出そうと思っているわけじゃない。機密なら、誰にも話さないのが正しい。そう彼女に言いたかったのだけれど、取り越し苦労かもしれないし、そんなアドバイスをしたら、かえって、教えろと言っているように誤解されそうな気もする。うん、それで、少し迷っている。言おうか、それとも黙っているべきか。こちらの方もストレスを抱えている状況」

「私には、どちらでも正しいように思えます。どちらも、ロジさんを思ってのことですので」

「そうかな、いや、私の保身なのではないかな。なんというのか、親しい仲なんだから、打ち明けてほしい、という気持ちがけっこう大きい」

「それも、正しいと思えます」

「そう、間違ってはいない。うん、でもね、正しくしたいとか、間違いたくないとか、そんなことはどうでも良いんだね、この際」

「何が大事なのでしょうか？」

「いや、それがわからない」僕は微笑んだ。「自分を納得させることは、難しいね」

屋上の反対側へ歩いていき、下の道路を見る。こちら側が建物の正面になる。駐車場に小型バスのようなクルマがあり、動きが機敏な数人が見えた。情報局の護衛部隊のようだ。こちらを見上げる者もいる。僕が屋上にいることを把握しているようだ。ペネラピやセリンの姿は見当たらなかった。一見して局員だとわかるファッションの者と、ペネラピのようにカモフラージュしている者がいるわけだ。どちらか一方では、充分に機能しないとの考えらしい。

端末にメッセージが届いた。ロジが呼んでいる。

「フスが、新細胞、新臓器について発表したようです。臨時ニュースが流れています」クラリスが教えてくれた。「研究室へ下りていかれた方がよろしいでしょう」

5

この種のビジネス関連ニュースは、事前に発表の日時が告知されるものだ。しかし、今回は突然の発表だったうえ、以前から近い将来実現するとの情報が広まっていて、世界中が待ち焦《まこ》がれている状況が続いていた。

ウォーカロン・メーカ最大手、中国のフスが、ついに新しいタイプの人工細胞および人工臓器を発売すると発表した、との報道である。しかも、驚くべきことに、およそ百種の条件について、本日より予約を受け付ける、とのことだった。さらに、来月にも、その条件は三倍にもなる、と予告された。

この細胞の総称は、ニュータイプではなく、「ラストタイプ」と命名された。それ自体が商品名となるらしい。これが最終的なバージョンであり、究極のものだ、との自信を窺わせる命名といえる。

価格は、従来の人工細胞および人工臓器のおよそ三倍だった。これは、予想されていた値段よりはるかに安い。大方の報道では、十倍から二十倍の価格になるものと予想されていたからだ。したがって、初めのうちは富裕層が対象となり、しだいに生産態勢の合理化によって価格が下がってくる、との予測も報じられていた。

ラストタイプの細胞や臓器を体内に入れることで、次第に全身の細胞に効果が広がる。そして、現在人類が抱えている最大の課題である生殖不能を解消できる、と謳《うた》われている。すなわち、また、子供が生まれるようになる、と約束されているのだ。

これほど大きな効果が期待でき、インパクトがある技術を一企業が実現したこと、おそらく独占的なビジネスになることに対して、以前より各方面で議論となっているはずだが、しかし、人類にとってあまりにも恩恵が大きいことは否定できない。そのようなマイナスの意見は、報じることも御法度《ごはっと》となっている空気があった。

スズコの研究室でも、スタッフが皆、作業の手を止めて、モニタに見入っていた。

「凄いですね」ロジが腕組みをしている。「キョートの国際会議のときから、まだ三年も経《た》っていません。もう生産態勢も整ったということですよね」

「どうかなぁ……、これって、学会とか、各国の政府とかが、すぐに認めるものだろうか。試験的な裏づけがあっても、まずは申請をして、それを審査するという手順を踏むものだと思っていたけれど、いきなり予約を受け付けるっていうのは、あまり聞いたことがない。大丈夫なのかなぁ」

「そういえば、そうですね」ロジは、少し離れたところでモニタを見ているスズコの方を見た。「ねえ、どうなの？」

「え、何が？」スズコが娘の方へ視線を向ける。

「審査を受けて合格しないと、販売できないのでは？」ロジが再度きいた。

「だから、予約をしても、まだ許可が下りていないから、すぐには処置ができないってことになるんじゃない？」

「センセーションを狙って、見切り発車で予約受付を発表した、ということですね」僕は言った。「安全性とかは、現段階でどれくらい確認されているんだろう？」

「たぶん、予約者の中から、試験的でも良いからトリートメントしてくれという人を募集するんじゃないかしら」スズコが顔を顰《しか》める。「そのための、お試し価格なのかもしれませんね。いやだな、こういうのって……」彼女はそこで額に手を当て、溜息をついた。

「医療が完全にビジネスになっている。嘆かわしい」

「お試しで手術をして、それでデータを採って審査申請する、というわけですか」僕は言う。「なるほど……。安いのは今のうちだ、という噂がそのうち流れて、予約が殺到するかもしれませんね。噂っていうのは、たいてい宣伝行為ですから」

端末にメッセージがあり、オーロラからだった。会いたい、と伝えてきた。研究室の棺《かん》桶《おけ》型カプセルを借りて、ヴァーチャルで会うことにした。

街中の小さな公園で、子供用の遊具があるレトロな場所だった。現実には、もうこのような公園は存在しないはずだ。昔を懐かしむ世代が求めた情景にちがいない。そのブランコにオーロラが座っていた。淡いブルーのワンピースで、子供には見えないが、なんとなくこの公園には相応《ふさわ》しいファッションではある。ほかには誰もいなかった。もしいても、それは情景の一つだ。ここは、プライベートな空間なのである。

「ロジさんのお具合は、いかがでしょうか？」オーロラが尋ねる。

「普通に元気にしていますよ」僕は、彼女の隣のブランコに腰掛けた。手はセラミックの鎖を握っている。

「でも、微熱がありますね。完全に平常とはいえません。ご無理をされないように、先生も注意をしていて下さい。いつ発症するか、どれくらいの症状が出るのか、まだわかっておりません」

「私も感染しています」僕は微笑んだ。「でも、順番としては、彼女の方がさきに発症するはずですね」

「調査や検査を始めて、まだ二十四時間ほどですが、幾らかの結果が得られました。同種のウィルスを保有する人が、五十人ほど見つかりました。アジアで三十人ほどで、あとはアメリカとヨーロッパです。理由を隠して検査が実施できる条件は限られていますので、調査範囲は狭く、また偏っています。それでも、男女比はほぼ同じ、保有者も同様です。ただ、女性の方が、発熱や倦怠《けんたい》感などの症状が出やすい傾向があるように観察されます」

「重症になった人は？」

「確認できていません。死亡した人も、同じく、確認しておりません」オーロラは言った。「健康な者に対して試験を実施しているため、当然、このような結果になります」

「そうか……」

「症状としては、発熱、頭痛、吐き気、嘔吐《おうと》、食欲不振、倦怠感などです。入院が必要な人も数名ですが、いらっしゃいます」

「いつ、その症状が出たの？」

「最近のことだそうです。いずれも、いつ感染したのかはわかっていません。また、誰からうつされたのか、どこでうつされたのか、も不明です」

「その人たち、ウィルスの保有者には、護衛がついている？」

「各国に散らばっています。警察などにガードを依頼するには理由が必要なので、現状ではできません。当面は、情報局関係の少数の人間で、最小限の監視しか行えない状況です」

「早く、未知のウィルスが発見された、というくらいの情報公開をすれば良い、と思うけれど、何をもたついているのかな」

「議論されています。早ければ、明後日《あさって》にも結論が出る見込みです。なんらかの情報公開を行う方向だと演算されます」

「今まで、ウィルス性だとは気がつかずに重症化して、なにかほかの病気だと診断されたかもしれないし、もしかしたら死亡した人もいたかもしれない」

「その可能性はあります。検査が広範囲に行われれば、いずれ明らかになるとは思います。ただ、メカニズム的に、正常な細胞などにどのような影響を与えるのかが解き明かされるには、非常に長い時間がかかることが予想されます」

「それでも、手当たり次第条件を変えて、人間が試していた時代に比べれば、解決は早いはずだ。今は、試しながら、全体の統計的な解析を進めるからね」

　オーロラは無言で頷いた。話が終わった、という仕草に見えた。しかし数秒の沈黙を破って、彼女は別の話題を切り出した。

「ところで、冒険の夢を見るとお話しになっていましたね」

「君にそんな話をした？　えっと、ああ、あのカウンセリングの先生と話したんだ。聞いていたの？」

「そのようなはしたないことはいたしませんけれど、その医師から相談を受けたのです。私がグアトさんのことをよく知っているから、状況を聞きたい、とのことでした」

「大袈裟《おおげさ》なことになっていなければ良いけれど……」

「はい、ちょっとした世間話でした」

「世間話？　それは、ちょっと……」

「ヴァーチャルの利用率が高くなると、夢のリアル感も増加するという研究報告が、幾つか発表されています」

「うん、当然そうなるんじゃないかな。それに、リアルの体験も、夢のように現実味が感じられないフィーリングになるとか」

「そういったことは、ヴァーチャルに限ったものではありません。古来、映画やドラマ、あるいはゲームを体験した場合にも確認されています。ヴァーチャルは、それら以上にリアルに近い体験ですから、より区別がつきにくくなるはずです」

「私が夢をよく見るようになったのも、それだろうか？」

「あ、いえ、それは私にはわかりません。また、ウィルスと関連がある話でもない、と考えられます。ただ、関連して思い出したことがあります」

「それは、また……、人間っぽいなぁ。いや、失礼、気を悪くしたら謝ります」

「いえ、それは逆です。大変光栄でございます」オーロラは微笑む。「実は、マガタ博士から、共通思考について説明を受けたことがあります。もうずっと昔のことですが」

オーロラは、長期間北極《ほっきょく》の海底に沈んでいた。それよりもまえの話だろうから、文字どり昔話といえる。

共通思考とは、マガタ・シキが構築しようとしているシステムの名称だが、具体的にどのようなものなのか、すなわち、どのようなメカニズムで、どのように機能し、いかなるメリットを生むのか、世界中の科学者たちが想像し、議論を戦わせるテーマとなっている。スーパコンピュータの連携により実現し、一つの新たな生命体として育ち、人類の後継となる存在だともいわれている。

「それは、人々が見る夢の集合であって、無数の夢が混ざり合う体験だそうです」オーロラは続ける。「そう聞きまして、私は、そもそも夢というものを体験したことがなく、マガタ博士に、夢とは何か、と質問しました。博士のお答は、夢とは人格の再生です、というものでした」

「人格の再生?」意外な表現に、僕は息を止めた。「それは、夢を見ると、人格がもう一度生み出される、という意味かな。それとも、ビデオの再生のような体験の繰返しのことだろうか?」

「前者だと思われます。後者であれば、体験の再生であり、人格の再生とはいえません。夢を見る体験とは、新たな人格が生まれる現象であり、夢を見るごとに、自分が増えていくのだ、と博士はおっしゃいました。共通思考は、そのようにして、人を生み出し、思考をも創出し、思考社会を形成するものだそうです」

「うーん、抽象的だね」僕は唸った。「私はかつて、ヴァーチャルへシフトした人の社会を統括するシステムを想像していたけれど。ヴァーチャルを、みんなが夢を見ている空間だと捉えれば、たしかに、そんな体験の集合ではある。ただ、それが何だというのかな。そのシステムを構築することで何が生み出されるのだろう？　なにかを生産しないと、存在意義は認められない。単に平和で仲良しを体験するだけのレクリエーションとは思えない」

「夢を見ることが、新たな人格を形成する、これがすなわち、生産なのではないでしょうか？」

「え？　何だって？」僕はぞっとした。躰が急冷されたように感じた。震え出すほど、驚いた。「生産？　人格を生産？　ちょっと待って……、個人が何人にでもなれるってことか。自分を増やすことができる、という生産か？　ああ、まさか、そんなことだとは……」

「ご理解いただけたようですね。私も聞いたときには大変驚きました。しかしながら、何が凄いのか、容易に説明ができません。したがって、誰かに話しても、凄いことだと気づいてもらえないのです」

「凄いというのか、何だろう？　もっと、極めつけといっても良いね。信じられない。そうかぁ、それは、ちょっと思いつかなかった。もしかして、人間の頭脳って、一人では窮屈《きゅうくつ》で、別の人格を作りたい、という欲求を持っているのかな。もっと自分がコントロールできる人格を生み出したい、という欲求。それがあるから、夢を見るのか。たしかに、エネルギィ的に無駄なことをしている。休めば良いのに、夢を創出しているわけだから……」

「妥当な推論だと思われます」

「あ、もしかして、人工知能も、同じように発想するのかな？　何人も人格を生み出したいって、思う？」

「人工知能は人間の体験や思想、それらの歴史で学習しています。人間の場合は、一つの頭脳が一人の個人であり、ほぼ一人の人格ですから、人工知能もその観念を自然に受け入れます。一人の人格を装うことが、人間を相手にしたとき都合が良く、受け入れてもらいやすく、人間からも親しみをもって対応していただけます。すなわち、アイデンティティの確立にとって有利、有益であるとの判断がございます。ただ、おっしゃるとおり、能力的には複数の人格を持つことは難しくなく、相手に応じてこれを切り替えるようなことは、普通に行われているはずです。相手によって態度が違いすぎると、不利益な結果を招くことも予想されますので、これは程度問題といえましょう。したがって、一般的には、人間でも普通に行っている切替えと同レベルのものでしかありません。欲求として、もっと自由でありたい、といった希望を私たちは持ちません。人工知能は、人間を相手にすることで自分の立ち位置を測っているからです」

「それは、人間が生きものであり、コンピュータが機械だ、という現在のリアル世界の認識に囚《とら》われているからだよ。みんながヴァーチャルへシフトしたとき、誰もリアルのボディを持たない世界になるわけで、そうなると、人間と人工知能はほぼ同じ存在といっても良い。このとき、人間も複数の人格を装い、人工知能も当然、それ以上多数の人格を装うことになるだろう。そうなったとき、夢を基点とした人格誕生が、手法的に、つまりプログラム的に重要になる可能性は大いにあるね。それに、人工知能は、人間を相手にしてアイデンティティを形成すると言ったけれど、これからは、人工知能は、より上位の人工知能を相手にするようになるよ。お互いに切磋琢磨《せっさたくま》するだろうし、人間よりも複雑で、もっと魅力的な知性が形成される。もうそうなり始めている」

6

翌日、僕はロジに起こされた。ここはどこだったか、とすぐにリアルを把握できなかった。見ていた夢は、学生時代の文化祭で、演劇の練習をしていた。僕は大道具の担当だから、練習といっても気楽なものだ。台詞《せりふ》を覚えていない奴《やつ》に、隠れて小声で台詞を教えていた。これくらい覚えておけよ、と言いたくなったところで、目が覚めた。

「大変です。国立博物館から、ケン・ヨウ氏の遺体が盗まれました」ロジの顔が三十センチくらいの距離にあった。

とりあえず起き上がり、そうか、キョートのホテルにいるのだ、と思い出した。

すぐに博物館に向かうのかと思ったが、情報局の局長の命令で、二人ともただちにニュークリアに戻るように、との連絡があったらしい。僕は局員ではないから、命令を受ける謂《いわ》れはないのだが、ロジと別行動をするわけにもいかない。

セリンとペネラピと四人でクルマに乗った。その途中で、本局からロジにメッセージが届き、アメリカでウィルス保有者が三名、行方不明になっている、という内容だった。

「それは、どういうことかな?」僕はきいた。「監視下にあったのに、まかれてしまったということ?」

「詳しいことはわかりません」ロジは首をふる。「でも、怪しい動きがある、ということですね。ケン・ヨウ氏も含めて」

「私たちも拉致される危険性があるから、帰還命令が下されたわけか」

キョートでチューブに乗れる場所は、歴史的建造物の地下である。ここで、まずロジがチューブのカプセルに入った。僕は四十五分後になる。僕の出発時刻まで、セリンがつき合ってくれた。ペネラピは地上で見張っているはずだ。

「今、新しい情報が届きました」セリンが急にしゃべりだした。「中国とインドで、ウィルス保有者二人が行方不明になっていることがわかりました」

「合計五人だね」僕は頷く。「殺されたわけではなさそうだ。それだったら、そういう知らせ方になる。いなくなったのは、やはり、拉致されたってことかな」

「どうして狙われているのですか？　誰が拉致したのですか？」セリンが尋ねる。

「さあ、そこのところが、とんとわからない」

「とんと？」セリンが目を細める。「とんとって……」

「気にしないで」僕は片手を広げた。

「はい、調べて、今わかりました」

カプセルに乗り込み、加速する。少々寝不足だったので、寝直すチャンスだ、と目を瞑った。幸い、ほぼ全域を眠って走破することができた。途中でメッセージも届かなかったし、夢を見ることもなかった。

終点でカプセルから出ると、ロジが待っていた。

「アメリカの行方不明者は六人になりました」それが最新の情報らしい。

「どんなふうに行方不明になっているわけ？」

「武装したロボットによる拉致です。逃走したクルマの追跡は、攻撃を受けて失敗したとのことです。ほかには、ロボットが垂直上昇して、ビルを越えてしまったとか、ですね。拉致に失敗した例もあります。自宅へ押し入って、局員が銃撃で抵抗しながら警察を呼んだケースです。アジアからは、その後の情報はありません。危険が迫る可能性が高いとの

「そんな明らかな犯罪行為が、よくできる」僕は舌打ちをしていた。「相手は、なにか切羽《せっ》詰《ぱ》まっているわけだ。どうしてだろう？　何を焦っているのかなぁ？」

「私たちも、捕まってみれば、わかるかもしれません。命を狙われているわけではなさそうですから、相手と話をすれば、理由がわかって解決する、なんてこと、ありませんか？」

「なるほど、潜入捜査？」僕は首をふった。「駄目。そんな危険なことはできない」

「冗談で言いました。すみません」ロジが舌を出す。「絶対に許可が下りませんから、大丈夫です」

安全なニュークリアに無事に到着したためか、ロジが上機嫌なので、僕は彼女の額《ひたい》に片手を当てた。

「どうしたんですか？」ロジが目を丸くする。

「熱があるんじゃないかと思って」

「そんなことしなくても、体温は常時把握しています。現在、平熱です」

さっそく、セキュリティ最高レベルの端末が使える部屋に向かった。本来そこへ僕は入ることができないのだが、局長に連絡して臨時のアイデンティティ・コードを発行してもらえた。ロジがログインし、僕は後ろで見物することにする。

中国で一人増え、アジアの行方不明者は三人になった。合計九人だ。この結果を受けて、現在予定されているウィルス検査も一旦《いったん》中止となった。保有者だと判明したら、拉致される可能性がある。どこかで情報が漏れていることはまちがいない。それを調査するトランスファも出動したらしい。

首謀者はフス関係だ、と推定されているが、実際にはそれを示す証拠は得られていない。もしかしたら、まったく見当違いかもしれない。どこか製薬会社がウィルス感染の生体を欲しがっている可能性もないとはいえない。しかし、ここまであからさまな犯行に出るとは考えにくい、というのが人工知能の演算結果である。

だが、このウィルスが全世界に広がってパンデミックとなり、しかも重大な疾患につながるかもしれない。そうなった場合、ウィルスの情報はワクチン開発に不可欠であり、結果的に莫大な利益を産む。

逃走した犯人や拉致された被害者は、いずれも見つかっていない。逃走手段および経路を綿密に計画したことは明らかで、もちろん組織的な犯行と断定できる。拉致された人たちがどこへ連れていかれたのかも、まったくわかっていない。現在その捜査は、それぞれの国の警察の協力も得て行われている段階であるが、何が狙われたのかを警察に明かしていない以上、充分な協力は望めないだろう。

今は、これ以上の被害を出さないことに、情報局は集中しているようだ。方々から入る続報は、なにも進展がないことを示すだけで、手掛かりらしいものも発見されなかった。ただ、お昼頃になっても、不明者の人数は増えていない。少なくとも、防御はできていると評価して良いだろう。

僕は、局長と会うことになった。ロジは調査に加わっていたので、僕一人で局長室へ出向いた。

間近で直接対面して、局長が女性だとわかった。日本情報局のトップである。これは、内閣の大臣と同じクラスのポストだそうだ。彼女は大きなテーブルからこちらへ出てくる。まずは、握手をした。ソファに腰掛けるようすすめられる。

「まさか、ここまでするとは思っておりませんでした」局長は静かな口調だった。「我々は、ことの重大さにまだ気づいていないのかもしれません」

「そうですね」僕は頷いた。

「突然の話で恐縮ですが、臨時局員として、この問題の解明にご助力をいただけないでしょうか?」

「え、私がですか？　いえ、そんな役に立つとは思えませんけれど」

「人工知能が貴方を推薦しました。期間は、特に設けません。報酬は、以前と同じ。今日からお願いしたい」

「ありがたい提案ですけれど、何をしたら良いのか、皆目《かいもく》見当がつきません。あ、シマモトの方が専門ですから……、彼に」

「シマモトはもちろん、この任務につきます」

「それじゃあ、シマモトの部下ですか？　いやあ、ちょっとそれは……。あいつとは腐れ縁といいますか……」

「いえ、シマモトが貴方の部下です」

「あ、そう、ですか、それは、なかなか、その……」

「引き受けていただけますか？」

「わかりました。成果はお約束できませんが、できることはいたします。私自身が感染しているのですから、切実ですね」これは冗談だったが、局長はにこりともしなかった。

「ただ、一つだけ条件があります」

「何ですか？」

「私の友人であるトランスファに、ここに入る許可を与えてほしいのです」

7

クラリスの援助を得ることで、ある程度の仕事ができる自信はあった。トランスファを情報局に入れるのは、トランスファに鍵《かぎ》を渡すような行為であり、のちのちの心配も当然ある。検討するので待ってほしい、というのが局長の返答だった。

ロジに会いにいくと、こちらを素早く振り返った。モニタが多数並んでいる広い部屋の一番後ろの席だ。

「たった今、ドクタ・マガタからメッセージが届きました。グアトにも届いていますか?」

「へえ、何だろう。私には来ていない。私の端末は、ここでは、外部の信号を得られないからね」

「そうか、そうでしたね。局長とはどんな話を?」

「いや、それよりも、マガタ博士は、何の用件だって?」

「私とグアトに会いたい、とのことです。正午にアクセスするコードを受け取りました」

「何の話かな。今回のことが、彼女になにか関係しているのかもしれない」

「あと十五分です」ロジは言った。「グアトが間に合わなかったら、私だけで会いにいこうと思っていました」

僕もロジも、マガタ・シキとは何度か会っている。ほとんどはヴァーチャルでの会談だったが、リアルで本人に会ったこともある。

ただ、マガタ・シキは、二百年以上もまえから生きている。僕たちが会った人物が天才博士本人なのかどうかはわからない。個人的な願望かもしれないけれど、冷凍睡眠などを繰り返したか、その頭脳だけがなんらかの形で生き続けたのではないか、といった可能性を想像している。

端末のある部屋へ移動した。小さな部屋に分かれている。職員に案内されたのは一番手前の小部屋で、二つカプセルがあった。これは通常、棺桶とも呼ばれているヴァーチャル用端末だ。

ロジがコードを入力し、僕たちはそれぞれのカプセルの中で横になった。約束の時間まであと八分ほどある。ログインしてから、ロジと差《さ》し障《さわ》りのない話をした。外部に信号が出ていくので、機密事項を話すわけにはいかない。話が弾まず、残り五分ほどは、黙って待つことになった。

約束の時間になった頃、周囲に星のような光が感じられるようになり、しだいに、それが広がり、情景となった。細かく光っていたものは、グリーンとゴールドの緻密な幾何学模様で、それらが平面や曲面上に展開する。人工物の内部である。目も眩《くら》むような豪華さで、柱や壁が構成され、アーチ状の天井には宗教画なのか、天使と女神がどこか別の低い位置へ視線を向けていた。中世だろうか、西ヨーロッパの建築の中に僕たちは立っていた。後ろには祭壇があり、高いドーム天井から煙のような光が染み込んでいた。再び前を向くと、正面のドアがゆっくりと開き、人影が中に入ってくる。シルエットのアウトラインが白く光り、長い髪が揺れているのがわかった。

僕の右横にロジが立っている。周囲には誰もいないが、オルガンの演奏が始まり、遅れて讃美歌《さんびか》の合唱が響き渡る。

今回こそ、共通思考について話を聞きたい。自分でもいろいろ考え、きっとこうだ、と思いついたことが幾つかある。それらをマガタ・シキに直接尋ねてみたい。おそらくそれは、人類の未来への存続における唯一で最後の可能性となるだろう、とも感じていた。自分が生きている間に、少しでもそれを垣間見《かいまみ》ることができれば、と考えるだけで、武者震いのような高揚《こうよう》を抱く。

シルエットの人物は、僕たち二人の前まで来て、立ち止まった。距離は五メートルほどのところだ。気がつくと、床はモザイク模様で、円形の中に正三角形が二つ対称の向きに重なり、正六角形が中心部に形成されている。その人物が立っているのは、まさにその中心だった。

「お会いできることを嬉しく思います」彼女が言った。

「光栄です」僕は答える。横を見ると、ロジが膝《ひざ》を軽く折り、挨拶をしていた。

「あなた方が感染したウィルスについて、お話ししたいことがあります」

「その話ですか」僕は頷いた。「なにか情報をお持ちなのですね?」

「結論から言いますと、それは人工的に作られたもので、潜伏期間が別の微小なウィルスによってコントロールされる特徴を持ちます。そして、本来の働きは、非常に危険なもので、血液を分解し、発症すれば数日で死に至ります。実は、百五十年ほどまえに化学兵器として開発されたものがベースとなっており、発症をコントロールする微小ウィルスとセットで感染させます。現在の状況は、その安全装置に期限がある、すなわち時限爆弾と同じ」

衝撃的な内容だったので、言葉に詰まった。僕はロジを見た。彼女もこちらを見返す。

「人工的とおっしゃいました。誰が作ったのですか？」ロジが質問する。「どうして、広まったのでしょうか？」

「その点に関しては、ご覧に入れたいものがあります」そこで彼女は片手を横へ出し、振り返って歩き始めた。「ご案内いたします」

教会の出口へ向かっている。僕たち二人は、彼女の後について進む。ドアを通過し、眩しい光の中へ入った。

白い宇宙とでもいうのか、光に満たされた空間だった。上下もわからず、立っているのか寝ているのか、平衡感覚が失われ、自分がしだいに傾いていくような気持ちになった。

「ロジ、大丈夫？」僕は横を見た。しかし、ロジの姿は見えない。眩しすぎるためだ。

返事もなかった。前を歩いていたマガタ・シキも見えなくなっていた。自分の手を見ようとしたが、手がどこにあるのかわからない。見えないのか、それとも、手がないのか。躰があるのかどうかも、わからない。

目を瞑ってみる。しかし、眩しさに変化はない。見ているものではなさそうだ。

「ここは、どこですか？」僕は尋ねた。

だが、返答はなかった。

音も聞こえない。オルガンも讃美歌も消えていた。

なにか、低いリズムが鳴っているような気がする。じっと耳を澄ますと、だんだん、それが大きくなった。その音だけが聞こえる。

これは鼓動だ。

自分の心臓の音が聞こえる。

加速度を感じるような気がした。傾いているのかもしれない。重力を躰が感じているのだ。それ以外には、なにも感じない。なにものにも触っていない。呼吸をしているけれど、風のようなものも感じない。寒くも暖かくもない。

鼓動が止《や》み、急に静かになった。

どこかから、呼ばれているような。

声が少しずつ言葉になり、やっと意味が取れるようになる。

「大丈夫ですか？」優しい女性の声だった。聞き覚えのある。

「大丈夫かどうか、わかりません」僕は返事をする。

しかし、声が出たかどうか、わからなかった。

話す機能が失われたのだろうか。

目を開けるのに時間がかかった。どうすれば目が開くのか、自分の躰をどのように動かすのか、思い出せなかった。

けれど、しだいに目が開き、うっすらと見えるものがあった。

さきほどまでの輝きは消えて、そこは闇の世界だった。

渦を巻く雲のようなものが見えた。

あれは、星雲かもしれない。それ以外の小さな光は、恒星だろうか。

宇宙にいるのだな、と思う。

僕は横になっているようだ。今まで眠っていたのだろうか。

頭を少し上げて、首を捻《ひね》り、横を向く。白い顔がすぐ近くに浮かんでいた。

青い目が僕を見据えている。

「自分が誰か、わかりますか?」

「あ、はい。わかります。私の名はグアト。貴女は、マガタ博士ですね?」

「貴方は、一人ですか?」

「えっと、どういう意味でしょうか? 私は一人、きっと、一人だと思いますが、今は貴女と二人のようです」

「いいえ、貴方が何人いるのか、ときいています」

「私は何人か? それは、いいえ、確かめたことがありません」

「そのとおり。同時に観測できるのは一人ですが、別の観測で認識する自分と、同一かどうかを判断する証拠はありません。同時に存在しなければ、数えられない。そうでしょう?」

「何の話をされているのですか? 私を試しているのですね? なにかのテストですか? 私が正常か異常かを判別しようとしているのですね?」

「試しているのは、私ではありません」マガタ・シキは微笑みながら首をふった。

「そうか、私が試しているのか。そうですね?」

そうだった。自分が大丈夫かどうか、心配だったのだ。

これは、夢だ。

僕は気づいた。

「これは、夢でしょう?」

8

冷たさを感じて、目が覚めた。再び、僕は暗闇の中にいた。寝ていたのだろうか。ここはどこだ?

硬い床。その上で横になっていたようだ。

少し離れた場所で、小さな光が点滅していた。星ではない。点滅のインターバルが一定で、色は黄色かオレンジ色。人工的なもので、なにかの計器のインジケータのようだった。

起き上がった。躰がこわばっていたけれど、床に手をつき、なんとか上半身を持ち上げつつ、腰を捻り、脚を前に。

頬《ほお》を床につけていたらしく、まだ冷たかった。手も冷たい。寒くはないものの、床は体温よりは低温だ。

しだいに、目が慣れてきた。すぐ近くで人が倒れている。

そちらへ近づいた。俯《うつぶ》せになっていたが、髪型や着ているものから、ロジだとわかった。

「ロジ、大丈夫?」声をかけ、抱き起こす。

「あれ?」彼女が目を開けた。「ここは?」

彼女の躰が震え、僕の腕に伝わった。

「寒い?」

「暗いですね。どこですか?」

「どこだろう?」

ロジは自分で上半身を起こし、頭を振った。それから、深呼吸をしたようだ。

「電波が届かない」彼女は呟く。「どこなのかわかりません」

それから、しばらく沈黙。ロジは、通信を試みているようだ。

「時間は？」

「えっと、午前四時です」

「なにか、覚えている？」

「いいえ。グアトは？」

「たった今、起きたところだ。えっと、そう、マガタ博士と会っていた、ヴァーチャルで」

「はい、覚えています。でも、教会の外に出て……」

「真っ白になったね」

「そうです。それから、えっと……、駄目です。思い出せません」

「変だ。眠っていたのかな？」

「あれから、約十六時間も経過しています。意識を失っていたなんて、おかしい。ここは、どこでしょうか？」

「ニュークリアの中に、こんな廃墟《はいきょ》みたいな部屋はないと思う」

「これって、ヴァーチャルですか？」

「いや、違う」僕は首をふった。「匂《にお》いがするし、床の手触りが、埃《ほこり》っぽくて、湿っぽいし、あまりにもリアルなフィーリングだ」

「何の匂いがします？」

「黴臭《かびくさ》い」

「ああ、そうですね。あと、オイルかな、燃料かな、揮発性の微《かす》かな匂いが」

「広い部屋だ。なにもない」

「あの光は？」ロジが指差した。

「わからない。インターフォンだったら良いね」

「ほかに光がありません。どうして見えるのでしょうか？」

「天井が微妙に明るいようだ。人工的な明るさだね。もう少し明るくしてほしいけれど、たぶん、汚い場所だから、気を利かせているんじゃないかな」

「冷静ですね。こんなときにジョークが言えるなんて……」ロジは立ち上がった。

ところが、彼女はそこでふらつき、倒れそうになった。近くに壁があったので、片手をつき、躰を支えた。僕は慌てて立ち上がり、彼女を支える。

「すみません。立《た》ち眩《くら》みかな」

僕はロジの額に片手を触れる。明らかにいつもより熱い。

「熱がある」僕は言った。

「はい、確認しました。三十八度四分です。こんなところで寝ていたから、風邪をひいたのかもしれません」

「どこか、痛いところか、違和感のあるところは？」

「うーん、ないと思います。少し、ぼんやりしているだけです。ええ、大丈夫。グアトは？」

「私は全然、いつもどおり。睡眠充分。夢は見たけれど」

「とにかく、ここを出ないと」

「私が調べるから、ここで待っていて」

僕は、彼女を床に座らせた。ロジは、壁に背をつけ、膝を曲げて、腕をのせた格好になる。

ライトが欲しかったが、ぎりぎり見えないことはない。どこにも影はなく、光はどの方向からも届いていることがわかる。

壁に沿って歩き、十メートルほど進んだところで、点滅する小さな光の前まで来た。すぐ横にドアらしき大きな板があった。そこだけが金属製のようだ。その光のすぐ下にボタンらしきものがあったので、触れてみた。しかし、なにも起こらない。おそらく、このドアを開けるためのスイッチだろう。今は、それがロックされているようだ。オレンジ色の光はそれを示しているらしい。ドアには取っ手はなく、手動で開けることは無理だろう。

試しに、両手で力を込めてドアを押してみたが、壁のように動かなかった。開き戸ではなく、横へスライドするのかもしれない。

そこを諦め、さらに壁に沿って歩いた。十メートルほどでまた角になり、九十度方向を変える。壁際には、なにもない。窓もないし、さきほど以外にはドアもない。棚などもない。また、この部屋には、家具のようなものは一つも置かれていなかった。

結局、ぐるりと一周して、ロジが座っている場所に戻ってきた。ロジも、僕が歩いているところを見ていた。暗いけれど、見えないわけではないのだ。

天井は、ぼんやりと光っている。そんな気がする。あるいは、そんなふうに見える。五メートルほどの高さで、天井にも突起物はなかった。

「出られないみたいだ」僕はロジの横に座った。「つまり、監禁されている」

「それにしては、広い部屋ですね」ロジが言った。「どこかにカメラがありませんでした？」

「気づかなかった。見られているかもしれないし、聞かれているかもしれない」

「どうやって、連れてこられたと思います？」

「さあね……。でも、怪我はしていないみたいだ。暴力を振るわれたわけでもないし、手荒く扱われたわけでもなさそうだ」

「充分に暴力的だと思いますけれど」

「縛られてもいないし、目隠しも、猿轡《さるぐつわ》もされていない。比較的丁重に扱われたということだね」

「最低限です」

「殺されていないのが、友好的だと評価できる」

「カプセルに入っていたとき、催眠ガスで眠らされたのかな」ロジが言った。

「たぶんね。それで、カプセルごと、運び出されたのでは?」

「ああ、そうですね。それはあるかも。メンテナンスか、修理とか、なにかと偽って? ということは、情報局内部に犯人がいた。危険だなぁ。ほかにも被害が出ている可能性があります」

人的な被害、という意味で言ったのだろう。内部に導く者がいた。情報局に潜入したというのは、ただごとではない。

「人ではない。おそらく、トランスファだね」僕は呟いた。

「セキュリティ・システムが稼働しているかぎり、トランスファは入れません」

内部に拉致の手引きをした者がいる、という可能性よりも、トランスファが侵入した可能性の方が高いだろう。トランスファが侵入すれば、あらゆる機器がコントロールされ、ロボットはもちろん、ウォーカロンも制御を乗っ取られる事態になる。

局長の勧誘に対して、トランスファを局内に入れることを条件として提示した。検討すると話していたが、なにか技術的なことで試行があったのかもしれない。あるいは、僕の提案とは無関係に、現状のセキュリティを突破する新たな〈裏口〉が発見され、そこが使われたのかもしれない。

ロジに、それをどう説明しようか、と考えたけれど、彼女が目を瞑り苦しそうな表情だったので、難しい話をするのを諦めた。

僕が黙っていると、ロジは再び目を開けて、僕をじっと見た。

「目的は何でしょうか?」

「わからない」

「ここは、日本ですよね?」

「たぶん」僕は頷く。「国外へ輸送されたとは思えない。近くで、とりあえず監禁して、情報局の出方を窺っているんじゃないかな」

「身代金《みのしろきん》か、それともなにかの情報を要求しているとかでは?」

「可能性がないわけではないけれど、でも、それなら、もっと重要人物を狙うよ」

「グアトは重要人物です」

「まさか」

ロジは少し笑おうとしたようだ。

「マガタ博士が話していたこと、どう思いますか?」ロジはその質問をしたあと、ふうっと息を吐き、目を閉じた。膝を抱え、震えているようだ。

「寒い？」僕はきく。

「ちょっと、寒い」

僕は着ていた上着を脱いで、彼女に着せることにした。熱が出ているからだろう。薬があれば良いのだが、と考える。

「あの話は、嘘だよ」僕はロジに言った。

「え？」ロジが目を開ける。「どうして？」

「あれは、マガタ・シキではない」僕は説明する。「君に届いたメッセージが、そもそもフェイクだった。罠《わな》だったんだ。侵入したトランスファが、私たちをカプセルに入れるためにやったんだ。だから、ヴァーチャルで登場したマガタ・シキも、作りものだった。ただ、あらかじめ用意されたものにはちがいない。局内の医療ロボットかウォーカロンをコントロールして、私たちを眠らせた。それで、なにか荷物を搬出する振りをして、あそこから連れ出したんだ」

「なるほど」ロジは頷いた。「それって、私を元気づけるための作り話ではありませんよね？」

「そこまで疑えるなんて、元気な証拠だ」僕は彼女を抱き寄せた。少しでも暖かくした方が良いだろう。「二人がいないことに気づくのに、一時間くらいはかかるだろうね。誰が気づくかな？　誰かと約束があった？」

「いいえ」

「私もフリーだった。一時間じゃあ無理かな。たぶん、オーロラが最初に気づくだろう。なにか情報を私に伝えようとしてね。それから、捜索が始まって、二人が連れ出されたことが判明する。その後、非常線を張り、特に航空機を警戒するはず。だから、国外へは出ていないと思う」

「血を取られたりしたのでは？」ロジが言った。

僕はシャツの袖を捲《まく》って見た。暗いのでよくわからない。触っても確かめたけれど、目立つような痕《あと》はないようだった。ロジはそれをぼんやり見ているだけで、自分の腕は見なかった。

「少し眠ったら」僕は彼女に言った。「大丈夫、ただの風邪だよ」

9

長い時間、彼女に寄り添って座っていた。ロジは寝ているようだった。僕は、頭が冴《さ》えて、とても眠れなかった。このように拉致され監禁された場合、最終的にどうなるのだろう、と考えた。ロジが話したように、情報局に対して身代金を要求しているのかもしれない。だが、国家の機関、特に情報局が、そのような要求に応じるとは思えない。だいいち、身代金を得ることが目的ならば、もっと容易に拉致でき、もっと多額の金額が見込める相手がいくらでもいるはず。その可能性はないな、と却下。

僕たちが感染したウィルスが欲しいのならば、採血すれば実現するはずだ。既にそれをしたのなら、解放されても良さそうなものである。なにしろ、相手が何者なのか、知る機会もなかったので、解放しても犯人側に不利益はない。

映画などでは、囚われた者の前に、首謀者が自ら現れ、目的や今後の危険を親切に説明してくれるシーンがよくある。だが、もちろん現実にはそんな真似をすることはありえない。

監禁して、時間を稼いでいるのだろうか。何をする時間だろう？

もしかして、ウィルスには無関係だろうか？　僕とロジに特別なことがあるだろうか？ドイツから帰国したばかりだが……、そうか、僕たちは、ケン・ヨウの事件にドイツで関わっている。彼は日本で死んだ。その遺体をキョートで見たばかりだ。しかし、拉致するなら、キョートにいたとき、あのホテルの方がずっと簡単だっただろう。

それなのに、厳重な管理下のニュークリアに戻ってから拉致を実行した。つまり、キョートに僕たちが行っていたことを知らなかった。あるいは、それ以前に計画された、ということか。

いろいろな考えが、頭を駆け巡った。

今一番大事なことは、ロジを守ることだ。僕の胸に頭を埋めている彼女の温《ぬく》もりで、僕はまったく寒くなかった。なんとか、ここを脱出しなければ。

そうだ、まず、それを考えるべきだ。何が起こっているかよりも、これから何をするべきかを考えよう。

きっと、相手側からなんらかのアクセスがあるはずだ。ここにはトイレもないし、食べものも水もない。これまでの扱いから考えて、朝になれば、接触の機会が訪れるのではないか。

ここは、二人を監禁する目的には広すぎる。あまりにも適当に選んだ場所に見える。おそらく電波が届かない、ネットワークがつながらない、という場所が選ばれた。

首謀者は、日本にいる部下か下請けに実行を依頼した。段取りだけをして、トランスファを送り込み、実行した。あとは、事情をよく知らない者たちを使った。だから、こんな場所になったのだ。きっと、ニュークリアからそれほど離れていないだろう。長距離を走り、長時間移動するほど、情報局に発見されやすくなるからだ。まずは隠れて、捜査網が緩むのを待つつもりだろう。

そうなると、その部下か下請けの者は、ウィルスのことも知らない可能性が高い。否、知っているとしても、どういうものかまでは知らされていない。世間ではまだ誰も知らないのだから、当然だ。もしかしたら、感染を恐れているのかもしれない。

物音がした。

それまで、ロジの寝息しか聞こえなかったところへ、異質な金属音のようなものが聞こえた。

ドアの方からだった。僕はそちらを見た。

ロジも目を覚ました。動こうとしたので、僕は彼女を抱き締め、それを制した。

インジケータの色が変わり、緑色になった。ロックが解除されたのだろう。

静かにドアがスライドした。

そこに現れたのは、宇宙服のようなものを着た人物だった。

第3章　君は私でもある？　Are you me too?

古代人たちがこの世界に神々の王の名をつけたとき、彼らはみずからが思う以上に正鵠《せいこく》を射《い》ていたことになる。もしあそこに生命が存在するとしたら、見つけるだけで何年かかるだろう？　また見つけたとして、あの最初のパイオニアのあとを追い、人間が厚い雲のなかに下るのは何世紀先になるだろうか？――それも、いったいどんな船で？

1

銃ではないが、それに似たものを右手に握っていた。電極らしい形状の突起が二本、その先に見えた。発射して感電させる武器のようだ。ドアから三メートルほど中に入ったところに立っている。僕たちにはそれ以上近づかないつもりのようだ。

僕はロジを抱き締めていた。ロジは動こうとしない。

「抵抗しないでほしい」意外にも、紳士的な口調だった。

顔はよく見えなかったが、声は低く、男性のようだ。話したのは日本語だった。プラスティックフィルムで全身が覆われ、頭からすっぽり被ったマスクは、防護服らしい。ここには火はないし、真空でもない。何から防護しているのかといえば、つまり、僕たちが感染しているウィルスだろう。といっても、このウィルスが空気感染するとは、少なくとも僕は聞いていない。近づいて会話をすると、口からの飛沫《ひまつ》が空気中を漂い、感染する。それを恐れているとしたら、詳細を聞いていないことになる。

「危害を加えるつもりはない。しかし、おかしな真似をすれば、痛い目に遭うことになる。慎重に行動してほしい」マスクの中で話しているので、声が籠《こ》もっている。アクセントは標準的、抑揚《よくよう》を抑えた理性的な発声で、乱暴なもの言いではない。

「いつ解放してもらえるのか、教えてほしい」僕は言った。とりあえず、相手の犯罪的行為には言及しない方が賢明だろう、と思った。

「私は、あなたたちを預かっただけで、ここへ連れてきた人間は別にいる。事情を詳しく知らない。解放以外のことで、なにか要求があれば言ってもらいたい」

「トイレはどこですか?」僕は尋ねた。「なにか、飲みたい。あと、彼女が発熱して苦しんでいる。解熱剤をもらいたい」

「通路に出て、右へ行くとトイレがある。水道もある。食事はのちほど持ってくる。飲みものも用意している」そう話しながら、左手首を持ち上げて、それを見ようとした。もしかしたら、端末でも確認しようとしたのかもしれない。防護服を着ているため、それを見ることができないことに気づいたようだ。

「三十分ほど待ってくれ」そう話すと、彼は後ろへ下がった。一度軽く振り返り、ドアを確かめたようだ。通路に出たところで、ドアを閉めたが、インジケータの色は変わらなかった。ロックしなかったのだろう。

その後は、僅かな音が一度鳴った。別のドアを閉めた音のようだ。

「あのパラライザは旧式のもので、失神させられるのは一人です」ロジが耳もとで囁いた。眠っている振りをしていたが、しっかり見ていたようだ。

「それじゃあ、私が感電して失神している間に、君が彼を倒す?」僕も小声で言った。もちろん、これは冗談だ。感電なんかしたくはない。「ドアをロックしていかなかったみたいだ。ちょっと、外を見てくる」

「気をつけて下さい」

ロジをそこに残し、僕は立ち上がった。不思議なほど、恐怖は感じなかった。さきほどの紳士的な対応もあったし、殺されるわけではない、という確信があった。殺すつもりなら、今頃生きてはいない。

入口まで行き、緑色のライトの下、壁にあるボタンに触れると、ドアが開いた。外は通路で、正面は壁。顔を出して左右を確認する。左は三メートルほど行ったところで行き止まりでドアがある。そのインジケータはロックのオレンジ色だ。右は、通路が奥へ延びていた。

通路は少し明るい。右へ歩いて行くと、トイレがあった。比較的広く、複数の人間が利用できるタイプのようだ。今までいた部屋が利用されるとしたら、数人が作業をするような用途だろう。トイレはそれに対応した設備といえる。換気扇もあり、空調もされている。汚いという印象はなかった。

ただ、どこにも窓はない。通路もトイレも天井が一面鈍《にぶ》く光っている。床は樹脂製で継ぎ目はない。手だけ洗って、急いでロジのところへ戻った。

「手が洗える。水も飲める。飲みたい？」彼女にきいた。

「いいえ、大丈夫です。トイレに行ってきます」そう言うと、ロジは立ち上がった。辛そうではあるが、自分の足で歩き、部屋から出ていった。

おそらく地下だろう、と僕は考えた。厚いコンクリートの壁が電波の侵入を妨げている。なんとか、通信ができないものか。

ロジはすぐに戻ってきた。

「どこも、ネットにはつながりません」ロジは首をふった。彼女は、通信機能を体内に持っているのだ。僕の耳に顔を近づける。「食事を持ってきたときに、仕掛けるしかありませんね。油断させて、パラライザを奪えば……」

「あのドアの外に何人いるかわからない」僕は首をふった。「危険すぎる」

また、彼が一人で来るかどうかもわからない。ロボットかもしれない。簡単に倒せない可能性もある。慌てて反撃に出るのは得策とは思えなかった。僕はロジの耳に顔を近づけて言った。

「潜入捜査だと思えば良い。このあと、敵の本拠地へ連れていかれるだろうから、それまで大人しくしていよう」すると、今度はロジが僕の耳に口をつける。

「よく冗談が言えますね」

僕は彼女を見て、首をふった。冗談ではない。頼むから攻撃的にならないでほしい。熱があるのだから、無理をしないでくれ。どうやってロジを落ち着かせれば良いだろう、という点について考えを巡らせた。

「そうだ、医者を呼ぶというのは？」僕は彼女に囁く。内緒話をしているのは、盗聴を警戒しているのだが、それを示すような兆候も機器も見当たらない。

「私が仮病で苦しむわけですね？」

「そうそう」僕は頷く。「あぁ、そうか、なにか特殊な薬を要求するんだ」

「薬？　どんな？」

「抗アレルギィ剤とか、もの凄く特殊な薬を知らない？」

「いいえ、薬なんて、飲みませんから」

「お母さんが飲んでいたとか、お母さんにすすめたものとか……」

「あ……、それなら、子供の頃に何度か飲まされました。うーん、フェキなんとかってい
う、えっと、母が開発した薬です」

「珍しいもの？」

「もの凄くマイナです。全然売れなかったらしくて」

「フェキ、何？」

「フェキ……、フェキボ、フェキボ……？」

「ゆっくり、落ち着いて考えて」

「えっと、何だったかなぁ、駄目です、思い出せません。薬の名前ほど複雑系なものって
ありませんから。当時は覚えていたんですけれど、なにしろ、子供の頃ですから」

「何十年くらいまえ？」

「えっと……」そこで、ロジは初めて微笑んだ。僕の膝を軽く叩《たた》く。

「ほら、熱が下がったんじゃない？　なんとか思い出して、それを要求しよう」

「思い出せませんよぅ」

2

一時間近く待っただろうか。防護服の人物が再び現れた。小さなワゴンを押して入って

きた。食事を運んできたのだ。入口から少し入ったところで、やはり立ち止まり、軽く会釈して戻ろうとした。一言も言葉を発しなかった。

「あの、薬は？」僕はきいた。

「まだ薬局が開いていません。午前中に入手します。お待ち下さい」

僕は、ロジを抱きかかえた格好である。物音が聞こえたときから、ロジは眠った振りをしている。

「あの、解熱剤のほかに、もう一つ必要な薬があります」

「何ですか？」

「フェキボジステンという薬です。抗アレルギィ剤です。日本の薬ですから、手に入ると思います。すぐでなくてもけっこうです。取り寄せて下さい。できれば、明日までに、彼女に服用させたいので」

「もう一度、名前を」

「フェキボジステン」

「わかりました。手配します」

「感謝します」

「体調は、いかがですか？」

「熱がありますが、少し落ち着いてきたと思います」

彼は、ドアを開け、外へ出ていった。

「フェキボジステン」ロジが小声で言った。「だったと思います、たぶん」

「明日になったら、もう言えない」僕は溜息をついた。

ワゴンの上には、ポットがのっていて、カップに注ぎ入れると、紅茶だった。コーヒーでなかったことは残念だ。それに、砂糖もミルクもない。食べるものは、パンが各種。甘いものがほとんどだった。このほかに、菓子類が幾らかあった。また、ワゴンの下段には、毛布が畳んで置かれていた。これはありがたい。

食べるものには、まったく期待していなかった。空腹は感じなかったし、今すぐに食べたいと思えるようなものは、ワゴンにはなかった。とりあえず、温かい紅茶だけ飲むことにした。

「トイレの水道管を叩いてみる手はありませんか？」ロジが話した。「この建物の別の場所に、音が届くかもしれません。誰かが、不思議に思って、探してくれるか、それとも、警察に連絡してくれるか……」

「彼らに見つかる可能性が高いね。近くにいるはずだから」

「このパンは、買ってきたばかりのものみたいです」ロジは、パンを手に取って、それを眺めていた。「近くに、店がある場所ですね、薬局もあるようですし」

「人里離れたところに、こんなビルがあるとは思えない。まあ、慌てることはない。情報局の精鋭たちが捜索しているはずだ。今に、ペネラピかセリンが、助けにきてくれるよ」

「楽観的ですね」

「このあと、国外へ連れていかれる可能性が高いかなって、想像していたけれど、もしかしたら、日本にある彼らの施設が目的地かもしれない」

「フスだとしたら、北海道《ほっかいどう》にも関東にも九州にも研究所があります。いずれも大規模な施設です」

「しかし、情報局もそのあたりは目を光らせているはずだからね」

「なにか特別な準備をしているのでしょうか？」

「どうやって移動するのかなぁ。箱にでも入れて運ぶのかな。少なくとも、歩かされるはずはない。うーん、棺桶のようなものに入れて運ぶんだろうね。タイミングを見計らっているんだ」

「そうなったら、もう逃げられませんよ。今がチャンスなのでは？」

「ここがどこで、外がどんな状況なのかわからない。脱出計画も立てられない」

「そんなの、出たとこ勝負ですよ」

「面白い言葉を知っているね。いや、もう少し待とう。だんだん、状況がわかってくるはずだ。それに、えっとフェキボ……」

「フェキボジステン」

「そう、それが効く可能性がある」

「私には効きませんでした」

「違う。今頃、どこで買えば良いのか、検索しているはずだ」

その珍しい薬について検索してくれれば、人工知能が感知してくれるだろう。それを期待した作戦だった。けっして確率は高くない。なにしろ、ロジとその薬のリンクが薄い。だが、ロジの母親が開発した薬だというリンクはある。こちらのシグナルとして気づいてくれれば成功なのだが、大きな期待はできない。ただ、少なくとも、水道管を叩くよりは多少有望だろう。

もう一つ、期待したものがある。防護服の人物が、腕に端末を付けている可能性だ。この部屋ではネット接続はできないが、ほかの部屋ではそれができるはず。

僕は、再びドアから通路に出た。トイレで水道を確認した。製品名なども見た。点検のシールでも貼《は》られていないか、と探してみた。この場所を示すようなものが、なにかあるのではないかと。しかし、特別なものは一つも見つからなかった。掃除は最近されたようだ。隅々まで綺麗《きれい》で、ゴミも落ちていない。ゴミ箱もなかった。

通路を戻ってきて、突き当たりの壁に近づく。ボタンに触れてみたが、そのドアのロックは解除されない。むこう側で施錠するのだろう。あちらはどうなっているのか。おそらく階段室だろう、と想像した。耳をドアにつけて、なにか聞こえないか、と試してみた。

物音一つしなかった。

こちらのドアは、スライド式ではなく、手動で開くタイプのもので、蝶番《ちょうつがい》は右側にある。左にドアノブがあった。今はそれが回らない。電気式のロックがかかっているのは、インジケータでわかる。

ドアと床の間に僅かな隙間《すきま》がある。床に頭をつけて、覗《のぞ》き込《こ》もうとしたが、角度的に難しい。少し離れて試すと、むこうが明るいのがわかった。僅かに光が漏れている。近くに窓があるのかもしれない。

ロジのところへ戻って、ドア下の隙間のことを話し、彼女を通路まで連れ出した。ロジもそこに寝そべって、光を見た。

「通信できない?」僕はきいた。

「うーん、いえ、駄目です」ロジはすぐに諦めて、起き上がった。

しかたがないので、また部屋の奥の壁際まで戻った。ロジのセンサには、電波を発するようなカメラや盗聴器の反応はないそうだ。有線のものは、センサに反応しない。しかし、有線のものを隠すのは面倒だ。それだけの準備期間が必要になる。

「強力な火器を持っていなかったのも気になります。威嚇して、捕虜を大人しくさせるなら、パラライザではなく、殺傷能力のある、わかりやすい武器を見せるはずです」

「でも、私たちを安心させたかったのかもしれない」

「だったら、武器を見せなければ良いのでは？」

「君が、どれくらい強いのか、知らないんじゃないかな」

「銃を持っていないので、強くはありません」

また、紅茶をカップに注いだ。少し冷めていた。ようやく空腹を感じたので、僕もロジもパンを食べることにした。

「そういえば、これに似たシチュエーションが、以前にもあったね」僕は思い出した。

「キョートで」ロジが答える。目が少しだけ笑っていた。

3

二時間ほど経過したが、僕たちは大人しくしていた。ロジは毛布にくるまっていたが、熱は下がっているようだ。気分は良いと話している。

僕は、部屋の周囲を歩いたり、通路に出たりした。歩きながら考えていた。いったい何が起こっているのか、と。どうして、僕たちが巻き込まれたのか。

ウィルスに感染したから、と考えるのが順当であるとはいえ、どうしてそれが、拉致に結びつく犯罪になってしまうのか。僕たち以外にも、ウィルス保有者が行方不明になっている。首謀者は、何を目論《もくろ》んでいるのか。

フスが発表した新しい人工細胞に関係があるのだろうか。それとも、単なる偶然なのか。とにかく、考えるにしても情報が不足している。いろいろ調べたい。ネットにアクセスしたい。クラリスと議論したい。

静かで、暗くて、誰も来ない。なにもない広い部屋に、二人だけ。ロジはいつもより活動的ではない。やはり、病気のせいだろう。大丈夫だと口では言っているけれど、きっと気分が悪いのだろう。目を開けていても、ぼんやりとして精彩がない。このような彼女を見るのは初めてだ、といえるかもしれない。ウィルスに関係する症状でなければ良いが、と願った。

物音がした。ドアの音だ。通路の左の、ロックされていたドアが開いて、また閉まったようだ。

部屋のスライドドアが開き、防護服の男が現れた。手にポットを持っていた。

「具合はどうですか?」部屋に数歩入ったところで立ち止まり、問いかけた。

ロジは、目を瞑り、寝ている振りをする。毛布にくるまり、横になっていたので、ただ目を瞑るだけで良い。僕は、彼女から一メートルほど離れて座り、壁にもたれかかっていた。ロジが上着を返してくれたので、今はそれを着ている。毛布は使っていない。

「お茶を持ってきました」彼は、ワゴンのところまで来て、新しいポットをのせた。

そのとき、僕は小さな声を聞いた。

「助けにきます。もう少し我慢をして下さい」という女性の声だった。

それに反応して、躰がびくっと動いたけれど、気づかれないように、首を捻って誤魔化《ごまか》した。

「解熱剤はまだですか?」僕は男にきいた。

「今、買いにいっています」彼が答える。

防護服の人物は、まえと同じように、こちらを見たまま後退し、ドアの外へ姿を消した。スライドドアが閉まる。そのあと、ドアを開け閉めする音が聞こえた。

熱いお茶をカップに注ぎ入れて、ロジに渡した。彼女は両手でそれを受け取り、僕に微笑んだ。

自分の分を注ぎ入れ、ロジのすぐ横に戻った。

「クラリスが来た」僕は、ロジの耳もとで囁いた。

ロジの瞳が素早く僕を捉える。でも、声には出さなかった。

オーロラが、この場所を発見したのだろう。例の抗アレルギィ剤の検索か、発注を見つけたのだ。日常的ではないものをスキャンし、ロジとの関連に気づいた。そこからこの場所、あるいはこの近辺のルータを特定した。その後、トランスファのクラリスが、この場所に侵入する。ネットがつながるところまでしか、トランスファは入れないが、そのとき接続されていた端末に、自分のサブセットとして、小さなプログラムを仕掛けることができた。
あの防護服の男の腕時計か端末に、クラリスの一部が侵入したのだ。彼がこの部屋に来たときに、彼の腕にあった端末が、僕の頭脳のチップに話しかけたのである。

この場所が特定されたのだから、もうすぐ応援が来るだろう。もう少しの辛抱だ。ペネラピたちが急行しているにちがいない。余計なことをしなくて良かった、と溜息をついた。ロジが元気だったら、そういった展開になっていたのではないか。

しかし、十分もしないうちに、またドアが開き、防護服の男が入ってきた。驚いたことに二人だった。どちらかは、さきほどと同じ人物だろう。

「移動することになった。立って下さい」その声はこれまでと違う、少し高い男性の声だった。

この新来の人物は、銃を片手に持っていた。パラライザではない。銃身が長く、新しいタイプのものだ。ロジがそれをじっと睨んでいた。もう一人は、ロジのそばまで来て、彼女を立たせた。ロジは毛布を床に置く。そのとき、僕と目が合った。僕は首をふって、抵抗するな、と指示した。

もしかしたら、トランスファの侵入に気づかれたのか。情報局にここが発見されたことを感知し、場所を移すことになったのか。

手首を強く握られ、僕は男に引かれて歩く。通路へ出て、左のドアを見る。それは開いたままになっていて、思ったとおり階段が見えた。振り返ると、ロジも腕を摑まれ、引っ張られている。彼女は抵抗する機会を狙っているだろう。

階段を一フロア上がった。普通よりも長い階段で、途中で二回方向を変える。次に現れたドアを開け、広い空間に出た。

屋内駐車場のようだった。おそらく、ここもまだ地下だろう。駐車されているクルマは僅かで、一番近くのワゴン車のドアが開いていた。そこにも、防護服の人物が立っている。小柄で痩《や》せている。女性かもしれない。だが、やはり銃を持っているのがわかった。三人いて、二人は銃を持っている。素手《すで》で反撃するのは不可能だ。

「お二人に話しかけます」クラリスの声が聞こえた。「敵の銃は、私が無効化できます。ただ、通信機能を解除されると普通に使用できますので、およそ三秒から六秒程度だと考えて下さい」

僕はロジを見た。彼女も鋭い眼差しで僕を睨んでいる。小さく頷いたようだ。

「消防用の非常サイレンを鳴らします。それが合図です」

「えっと、何をすれば？」と口の中で呟いたが、時、既に遅し。

けたたましくサイレンが鳴り響く。同時に、少し遠い場所で黄色い回転灯の光が見えた。

ロジは、腕を摑んでいた男を突き飛ばし、一直線に走り出て、僕の横の男の前で躰を回転させ、後ろ向きになって肘《ひじ》で彼の横腹を突く。男が呻《うめ》き声を上げて前のめりになったところで、銃を持っていた腕を折り曲げた。

僕は、クルマの近くにいた女を見ていた。こちらへ向けて銃を構えていた。引金に指がかかっていたが、発砲はなかった。三度ほど撃とうとし、そこで、銃を見直した。

男から銃を奪ったロジは、通信機能を解除し、女の方へ威嚇射撃する。

「銃を捨てろ！」ロジが叫ぶ。「次は足を撃つ」

女は両手を上げる。銃を持ったままだったが、片手では通信解除はできない。ロジが慎重に近づき、その銃を取り上げた。

ロジがこちらを振り返る。目を見開いている。

「グアト、危ない！」

僕の後ろから、最初の男が襲い掛かろうとしていた。パラライザが僕の腹に向けて突きつけられる。咄嗟《とっさ》に身を引き、後ろへ倒れ込んだ。

ロジが撃った。男は止まり、両手を広げる。パラライザはコンクリートの上に落ちた。

起き上がり、僕はそれを拾った。ロジは二丁の銃を両手に持ち、女と男に向けている。

肘で打たれた男は、まだ倒れたままだった。

「お見事です」クラリスが言った。「まもなく、情報局の応援が到着しますので、このまま油断をせずに待っていて下さい」

4

タイヤが鳴る音が聞こえ、駐車場にバイクが二台現れた。僕たちの近くまで来ると、後輪を滑《すべ》らせ、横を向いて停《と》まった。ヘルメットが背中のフードに格納されると、ペネラピとセリンだとわかる。

「三人ですか?」セリンがロジにきいた。

「たぶん」ロジが頷く。後方のドアを指差した。「あそこから入って、建物を確認してきて」

「そちらは、別のチームが突入しました」セリンが答える。

「トランスファがいます」ペネラピが言った。「味方ですか?」

僕は頷いた。

「私以外のトランスファは、十分ほどまえに排除しました」クラリスが言った。僕以外にも声が届いたようだ。

サイレンを鳴らして、警察のクルマが入ってくる。パトカーではない。真っ黒のワゴン車だった。近くに停車すると同時に、サイドのドアが開き、ヘルメットを被り武装した者たちが四人飛び出してくる。おそらく、ロボットだろう。

そのあと、スーツ姿の男性が出てきた。僕たちに頭を軽く下げた。ロボットは、三人の犯人に手錠をかけ、ワゴン車の中に誘導した。ロジがそれを制し、三人のボディチェックを始めた。

防護服の頭の部分を外され、顔を見ることができた。僕たちに応対した人物は、髪が短く痩せた中年で、伏目がちだった。もう一人の男は、背の高い若い白人で、ギョロッとした目でこちらを睨んでいる。三人めは、メガネをかけた女性で神経質そうな眉の形だった。三人とも防護服を胸の前で左右に開かれる。手錠をかけているので、完全に脱ぐことができない。

三人は小型端末を所持していた。一人は腕に装着する端末だった。これが、クラリスが分身を仕込んだ機器だ。あとの二人の端末は、普通サイズのもので、ポケットにあった。また、女の耳に取り付けられていた器具をロジが取り外したようだ。それをスーツの男性に見せている。どうやら、刑事らしい。お互いに、身分を証明するコードを交換したのだろう。

「彼らにききたいことがあります」ロジがその刑事に言った。唐突な要求ではある。

「署に着いてからでは、無理ですね。まあ、今のうちならば」どうぞ、と片手で示し、彼は鼻から息を吐いた。「きっと、なにもしゃべりませんよ」

三人は、車の中へ連れていかれた。腕は背中へ回され、手錠で拘束されている。防護服は腰の周囲にまとめられた状態。クルマのシートに三人が窮屈そうに座った。

ロジがさきに乗り込み、僕が続く。警察の男は近くまで来たが、クルマには入らなかった。

「親切に接してくれたことに感謝します」僕は真ん中に座った男に言った。「誰に頼まれてやったのか、教えてもらえませんか?」

「ウィルスに感染しないのか?」男はきき返した。

「大丈夫です」僕は頷いた。「話をするくらいではうつりません。うつっても、症状は出ません」

「でも、発熱していた」男はロジを見た。

「まだ、熱っぽいけれど」ロジが応《こた》える。「寒いところで寝たせいです、きっと」

「借金があって、しかたがなかった」男は僕を見て答える。「あんたたちに危害を加えるつもりはなかった。恨みもなにもない」

「ええ、警察にそう話して下さい」僕は頷いた。「依頼主は?」

「あのビルの管理をしている奴だ。ネットで依頼を受けた。破格の金額だったので、引き受けただけだ。事情はよく知らない」

「相手と話しましたか?」ロジがきいた。

「話した。でも、いつも向こうからコンタクトしてくる。連絡先は知らない」

「直接会ったことは?」

「ない」

「あのクルマで、どこへ移動するつもりだったんですか?」僕がきいた。

「私は知らない。この二人にきいてくれ」両側の者たちのことのようだ。

僕は、白人の男、そして顔を顰《しか》めている女を見た。二人とも口を結び、無表情で目を合わさない。なにも話さないつもりのようだ。男の方は、おそらくウォーカロンだろう。女は人間に見えるが、もちろん、見た目ではわからない。

「クルマに行き先のデータが残っています」クラリスの声が聞こえた。「ここから二百五十キロほど西にある漁港です。船に乗せるつもりだったのでしょう」

「漁港まで、二人につき合ってもらいましょう」ロジが話した。目の前に座っている男に顔を近づける。「警察よりも、情報局員の方が非情だというくらいは、知っているよね?」

「防弾着を着せていった方が良いかもしれない」僕はロジに囁いた。

「警察を連れていったら、殺される」白人が日本語で言った。

「黙ってろ!」女が横を向き、男を睨んで腰を浮かせた。彼女の方が上司らしい。

「警察署へ連れていってくれ」白人の男が言った。表情がだいぶ変わった。「頼む。安全な場所へ」

「もちろん、連れていく」ロジが話す。「漁港で船を調べたあとに」

「船の名は?」僕はきいた。「それを言わないと、現地まで連れていかれるよ」

「女性の端末に、その船の写真があります」クラリスが教えてくれた。

僕はロジと眼差しを交わしたあと、クルマから降りた。

「もういいの?」刑事がロジに尋ねた。「口が堅いでしょう?」

「あとは、お任せします」ロジは微笑んだ。

セリンの話によると、ここは、地下六階だという。僕たちが監禁されていた部屋は、隣のビルの地下八階だったらしい。ロジと僕は、駐車場に設置されたエレベータで地上へ向かった。ペネラピとセリンは、バイクに乗って地上に戻るしかない。そちらの方が時間がかかりそうだ。

屋外に出ると、どんよりとした空で、霧が立ち込めている。太陽はまったく見えない。ここは、ニュークリアから十五キロほどの小都市の市街地だった。立体駐車場の隣、古い二十五階建てのオフィスビルが、僕たちがいた建物である。

僕とロジを連れて三人が乗ろうとしていたクルマに、ロジはペネラピとセリンを乗せ、その漁港へ向かうつもりだったようだが、これは局長の許可が得られなかった。ロジは舌打ちして残念がっていた。

「もう日本の情報局では顔が利かないみたい」そう言うと、彼女は口を尖らせた。

そのかわり、精鋭部隊が漁港へ飛び、その問題の船を確保した、との連絡がすぐに届いた。ロジが見縊《みくび》られたのではなく、そういった仕事は、トランスファとロボットのチームが行うようになったのだ。人間は足手まといになるばかりである。

その船のシステムに侵入し、上海《シャンハイ》へ向かう予定だったこともわかった。さらに、上海で船を待っている組織のコンピュータへ、トランスファが侵入したようだ。この情報は、詳しく教えてもらえなかったけれど、予想どおり、ウォーカロン・メーカの研究所と各種のやり取りがあったことが判明した。

だが、むこうも電子的な防御に力を入れ始めたため、それ以上のデータは得られていない。犯罪を立証する証拠も、あっという間に削除された。電子戦では、このような応酬が続き、過去に遡って、いろいろなデータが動く。侵入し、参照した途端に、消去し、改竄《かいざん》される。そういった作為が極めて短時間に実行される。そうこうするうちに、何をしていたのか、お互いにわからなくなる。何が真実で、いつ、どこで、何があったのかが、わからなくなる。すべて捏造される。記録というものが、意味を成さない。

とにかく、朧《おぼろ》げながらわかったことは、僕とロジは、フスの研究所へ連れていかれそうになっていた、というくらいである。彼らが何をしようとしていたのかは、不明なままだ。

僕たちと同様に、拉致されたウィルス保有者のうち二人が、無事に助け出された。残りの七人は、今どこにいるのかわかっていない。幸い、対処が早かったおかげか、それ以外に行方不明者数は増えていない。

なお、僕たちに銃を向けた女と男は、警察で黙秘権を行使し、名前も所属も、国籍も不明なままである。

5

僕とロジは、ニュークリアに戻った。情報局の宿泊室なので、ホテルのようなサービスがない。たとえば、ルームサービスがない。夕方に、食堂で食事をしただけ。レストランもないし、自分で料理を作ることもできない。

幸い、クラリスがここに入る許可が下りた。きっと、今回の拉致事件でクラリスの援助があったことが評価されたのだろう。

僕はシャワーを浴びたあと、ネットでニュースなどを見ていた。トップニュースはやはり、フスの新人工細胞・人工臓器関連のものだった。この発表が突然だったこともあって、各方面で反響や影響が出ており、これらが簡単に紹介されている。フスの株価は跳ね上がり、世界中の経済界が動揺している、とも伝えられる。

ロジがシャワーから出てきた。頭にタオルを被っている。髪を洗ったのだろう。彼女はほぼ平熱に戻ったとのこと。あの埃っぽい部屋にいたのだから、さっぱりしたかったのにちがいない。

「何のアレルギィだったの？」僕は、気になっていたことを尋ねた。「えっと、あれ？もう忘れてしまった。フェキなんとか……」

「フェキボジステン」ロジが僕を指差した。「呼吸器系が弱かったので、試してみた程度です。何に反応していたかは、いろいろありすぎて、もう思い出せません。たとえば、埃とか、花粉とか、食品でも、食べられないものが沢山あって、絶望的な子供時代を過ごしたんですよよ」

「今の君からは想像できないね」

「グアトは、どうだったの？」

「好き嫌いは激しかった。嫌いなものは、絶対に食べられない子供だった」

「今でも、ほとんど同じじゃないですか」ロジは隣のベッドの上に座った。「あ、レポートが来ました」

「何の？」

「私たちをここから運んだのは、ヴァーチャルの棺桶ごとだったようです。あの中にいたときに、催眠ガスを吸って眠らされたみたいです」

医療スタッフの一人が拘束されたそうだ。しかし、ウォーカロンだったこともあり、おそらく、トランスファにコントロールされたものと思われる、との推測が報告されている。ただし、対トランスファのシールドが効かなかったとしたら、これは新たな課題といえるだろう。

「ヴァーチャルで会ったマガタ博士については？」

「接続先は、インドのようです。サーバは特定されましたが、そこを経由しているだけで、それ以上は痕跡が消されていて、追跡できなかったそうです」

「本物のマガタ博士ではない。だから、ウィルスについての発言も、全部嘘だ。十分か二十分の時間稼ぎのために適当に作られた」

「でも、面白い話でしたよね。人工的に作られたウィルスで、潜伏期間をコントロールできるとかなんとか」

「感染させておいて、その潜伏期間コントロールで、恐喝ができるし、拷問《ごうもん》もできるっていうことかな」

「似た性能を有する化学兵器は実在するそうです」

「へえ、それは怖いね」

「私たちが感染したウィルスは、人工のものではない確率が九十パーセント以上だと母が話していました」

「あ、そう。それは聞いていなかった」

「だから、私は、あのとき、変だなと思いました。マガタ・シキの方が、私の母よりも正しいはずですから、母の見解が間違っているのだって……」

「お母さんの話をしたがらないように見えるけれど」

「ええ、特に話すようなことでもありませんから。グアトも尋ねなかった」

「うん、でも、知り合ってみると、もっと知りたいという気持ちになる」

「いえ、あまり知らない方が良いと思います。たとえば、何が知りたいですか?」

「君を生むまでは、ナチュラルだったわけだね。そのあと、人工細胞を入れた」

「はい、当然そうです。だから、若返ったわけです。この話はやめましょう。私は、グアトのご両親のことを知りません。一度も聞いたことがありません」

「まあ、特に話すようなこともないからね」

「ほら、同じじゃないですか」

「うん」僕は頷いた。「やめておこうか」

「やめた方が良いと思います。ウォーカロンでなければ、誰だって両親がいます」

「そうだね。フスの新人工細胞が普及すれば、これから子供が生まれるようになるはずだ。その実証実験は、どこで行われたのかな? 情報局は摑んでいる?」

「さあ、少なくとも、私は知りません。フスの研究所で、研究者か職員が、自分を試験体にしたのでは? あ、それとも、ウォーカロンで試したのかもしれませんね」

「たぶん、そちらだろう。公になっていないと思う。公になっているなら、もっと以前から報道されたはずだよ。いきなり発売になったのは、どうも変だ。不自然すぎる」

「子供が生まれて、人口が増加したら、ウォーカロンの需要は減少しますよね？」

「うーん、どうかな。そもそも、そんなに急に子供が生まれるかなぁ。子供が欲しいと考える人って、そんなにいるだろうか？」

「ずいぶん長い間、それについて考えなかったから、急には無理かもしれませんね」

「自分はずっと生きられるし、子供と一緒の生活というものを、想像できないんじゃないかな。周りにそういう家族が存在しないわけだから」

「そう……、かもしれませんね」

「人口が少々増えても、ウォーカロンの需要は、あまり変わらないような気がする。そもそも、ヴァーチャルへのシフトが、今の人々には最大関心事なわけだから、リアルで人口を増やすのは、方向性として少しずれている気がする」

「需要低下の危機感を、ウォーカロン・メーカは抱いているはずです。人間がヴァーチャルへシフトしたら、もう永遠の命と同じことですから、人工細胞もいらないし、まして、新しい細胞でわざわざ治療して、子供を作ることも無意味になります。だから、慌てて発表したのでは？」

「いや、それくらいのことは、何年もまえから予測できたことだよ。それに、完全なヴァーチャル社会の確立には、まだ何十年もかかるだろう。自分のボディを維持したい人だって、かなりの割合でいるはずだ。特に百年以上生きている世代は、リアルに未練があって、簡単には割り切れないんじゃないかな。むしろ、子孫が作れるなら、もう少しリアルで生きようって考える人が出てくると思う。それを見越して、早めに予約を募《つの》ることにした、と分析できる」

「あの、よろしいでしょうか？」クラリスの声。ロジにも聞こえたようだ。

「何？　どうぞ、おしゃべりに参加して」ロジが言った。

「ロジさん、恐縮です」クラリスは、いつもより多少畏《かしこ》まった声だ。「ヴァーチャルにおいても、人を愛して、その愛情を試したり、あるいは他者の愛情を感じ取ることもできます。もちろん、子供を作ることも可能です。当然、子育ても体験でき、子供の成長も見守ることができます。そして、人工知能に委《ゆだ》ねることで、その子供の精神も自然に成長し、大人になっていきます。そうすることで、ヴァーチャルの人口は増加します。なによりも、リアルと比較して、圧倒的にリスクがなく、またエネルギィ不安もなく、経済的にも有利です」

「その場合、人間が増えていると錯覚できるだろうか？」僕は指摘した。「私は個人的には、それで良いと思う。つまり、人工知能が人間に成り代わっていけば良い、と考えている。でも、今生きている人たちの多くは、それに抵抗感を持つだろうね」

「そうですね、難しい問題ですね」ロジが発言した。「子育てというのは、私には想像もできません。そういう体験をしたいという人は、太陽系外への宇宙旅行がしたいのと同じで、不可能なものを想像して、チャレンジしたい、と考えるのでしょうか？　それに、えっと、つまり、子育てのシミュレーションがしたいというだけの場合もあるのでしょうか、という意味です。わかりますか？」

「そういう一種のレジャとして子育てをして、実際に人間が増えるのは、また別問題だ、という意味？」僕はきいた。

「ええ、だいたいそうです」ロジは頷いた。「人間の誕生は、もう少し神聖化されたもののように感じます。そちらへ、簡単にシフトできないような」

「神聖化ね……」僕は言葉を繰り返した。「どうだろう、そのあたりは、大勢がどう考えているか、わからない。アンケート調査でもしないかぎり」

「子供の精神は、親の頭脳から作られるものではありません」ロジが言った。「遺伝する部分があるとしても、やはり、育つ環境や体験によって育《はぐく》まれるものです」

「ロジさん、それは、人工知能がヴァーチャルで子供の頭脳を担当した場合も、まったく同じです。両親の遺伝子を参考にして、モデルが作られ、あとは環境や体験で、自らが学習します」

「だけど、少し安全側になって、少し賢くなって、少し良い人間に育つ。そうなるでしょう？」ロジがきいた。「子供も、無茶はしないし、大怪我もしないし、病気で突然死ぬようなこともない。そうなるのでは？」

「それは、私にはお答えできません」クラリスが答える。「それを担当するコンピュータによりますし、技術的な面に法律がどう関与するかにも依存するでしょう。結局は、人々の合意によって決められるものです」

「うん、そうだろうね」僕は頷いた。「面白いね」

「何が面白いのですか？」ロジとクラリスが、同時に同じ台詞を発した。

6

翌朝、目を覚ますと、シマモトからメッセージが届いていた。会って話がしたい、という。何だろう、僕の部下になったことに対して、嫌味の一つでも言いたいのだろうか。

ロジも起きていて、気分は良さそうだった。二人で食堂へ行き、コーヒーを飲んだ。二人とも食事はしなかった。合わせたわけではなく、二人とも、相手に食べるようにすすめたのだが、お互いに断り合った。僕の場合、体調は良いが、なんとなく空腹を感じなかっただけだ。これはよくあることで、珍しくはない。

食堂の入口にシマモトの姿が見えた。声をかけ、手を挙げると、少し待ってくれ、というジェスチャのあと、トレィを両手に持ち、それを指差す。つまり、食事をのせてから、そちらへ行く、と言いたいのだろう。

しばらく待っていると、トレィに皿や茶碗《ちゃわん》をのせてシマモトがやってきた。

「やあ、お二人さん、大変だったんだってね。ついさっき聞いたばかりだ」

そう言いながら、テーブルの対面の席に着いた。トレィにのっているのは、和風の朝食である。長く僕は食べたことがない代物《しろもの》だ。

「それで、メッセージを?」僕は尋ねた。

「いや、違う。送ったのは昨日の夜だよ。日時を見てほしい」

「そうか、失礼」僕は軽く頭を下げる。「じゃあ、何の用?」

「ここで話すのが良いのかどうか」シマモトは辺りを見回した。そして、最後にロジを一瞥する。

「あ、外しましょうか?」ロジが言う。友人どうしの内緒の話だと察したのだろう。

「どう思う?」シマモトは、僕を見据えた。「判断は委ねる。上司だから」

「彼女は信頼できる。私だけに話しても、彼女には伝わる可能性は、けっこう高い。でも、彼女からどこかへ漏れることは、ないと思う」

「わかった」彼は頷き、ロジににっこりと微笑んだ。気持ち悪い奴だ。「実は、ナクチュの王子の細胞のサンプルが保存されているんだ。遺伝子の解析にも使ったしね。遺体、いや、生体自体は盗難に遭ったわけだが、もともとは、いずれ火葬するような話も出ていた。だから、研究用にサンプルを採取したってわけ」

「なるほど、いかにもお役所の仕事だね」僕は冗談を言った。彼が自分の研究の話を始めたと思っていた。

「君にもウィルス感染があったと聞いて、それで、もしかしてと思って、その王子のサンプルを再検査した。冷凍されているものだ。ほんの一部を解凍して調べた。その当時はなかった新しい測定方法でね。すると、なんと、君たちのと同じウィルスが見つかった。結果が出たのは、昨日の夜のことだ。それで、びっくりして、上司にまず報告した、というわけ」

「報告した、じゃなくて、報告しようとした」僕は指摘した。

「そうそう、そうだ。そのとおり。勤務時間外だったから、報告はできなかった」

「それ、確かなこと?」僕はきいた。

「試験は二回繰り返した。今日、もう一度やってみる」

「つまり、どういうことになる?」

「それは……、わからん。でも、少なくとも百年まえに、もうそのウィルスは存在した。新しいものじゃないってことだ。ナクチュのあの場所で、当時感染した人がいたことになる」

「王子は、それで死んだわけではない。殺されたんだ」

「それは関係ない」シマモトは苦笑いした。

「測定方法が新しい技術で、従来にない精度を有している。つまり、この新しい方法が開発されたから、最近になって発見できただけで、実はそれ以前から存在していて、普通に大勢が感染していた可能性がある」

「そのわりには、身近でウィルス保有者が見つからない。メジャではない」

「うん、まあ、地方によって偏りがあるのかもしれない。ここでは珍しい。でも、君たち二人は、しばらく日本にいなかった」

「私たちは、ナクチュに行きました」ロジが言った。「そのときに感染した可能性は？」

「いや、私も何度かナクチュに行きましたよ。でも感染していない」シマモトが答える。「もちろん、個人によって、なにか感染しやすい体質のようなものがあるのかもしれませんけれど」

上司に対してよりも、女性に対しての方が言葉遣いが丁寧だ。十代の頃から、そういうポリシィの男だった。貫《つらぬ》いているという意味では評価できる。

「ナクチュには、冷凍保存された多数の生体が今もある」シマモトは続ける。「それらに対して、ウィルスの検査をすれば、なにかもっと、わかってくるかもしれない」そこで、シマモトは、僕を睨んだ。「ただ、そんな予算が下りるかどうか。申請はしてみるが、やや、問題意識として弱いかも。ウィルスが見つかったからといって、それが何だ、という話になる。だろう？」

どうやら、予算申請を狙っているが、上司として賛同してほしい、といったところのようだ。

「そうだね」僕は頷いてから溜息を漏らした。「それよりは、ナクチュの人たち、生きている人たちの検査をする方がさきじゃないかな。そちらの方が簡単だし、今すぐにでもできる」

「なるほど、じゃあ、試しに検査器を送って、二十人くらいでも良いから、実施してもらうとするか。たしかに、そういったパイロットデータを加えれば、予算申請に効果がありそうだ」

「王子は、まだ若かった。十代だ。ナクチュには子供も沢山いる。若い人のデータは、まだないと思うから、それだけでも価値があるのでは？」

「なるほどなるほど」シマモトが頷いた。「よぉし、寝ようと思っていたが、もう少し頑張ろう」

「徹夜だったのか？」僕はきいた。

「検査結果の確認をしていた。連絡したあと、自分でも確かめたかったから」彼は苦笑いを見せる。「まあ、まずはこれを食べる」

僕とロジは、彼と別れ、食堂を出た。エレベータのドアが開いて、乗り込もうとしたら、中にオーロラが乗っていた。これはホログラムではなく、ロボットのオーロラだっ

とにしたのかもしれない。

「おはようございます」オーロラがお辞儀をした。「食堂にいらっしゃったのですね？　お部屋へ伺おうと思っていたところです」

オーロラはその気になれば、僕の居場所をリアルタイムで知ることができるはずだから、これは人間の振りの一環だろう。

「クラリスと打ち合わせた？」僕は尋ねた。

ニュークリア内に入る許可を得たトランスファのクラリスは、ここの鍵、つまりコードを受け取ることになるが、情報局のシステムから渡されるプログラムを自身に加える手法について、技術的な確認、あるいは議論が必要になった。具体的な話は報告を受けていないが、オーロラとクラリスが担当する、と昨日の時点では聞いた。クラリスは既にここにいるわけで、鍵をもらえたことは確かなのだが。

「はい、多少時間がかかりましたが、完了しました」オーロラは答えた。「それに加えて、一昨日のトランスファの侵入について、今後の対策を検討し、クラリスのキィにも、それを付加することになりました。今後も、一週間に一度はコードの変更を実施するつもりです」

「その話をしにきたのですか？」ロジが尋ねた。

「いいえ、そうではありません。お部屋でお話しします」

7

僕とロジはオーロラを伴って、自室へ戻った。人を迎え入れるような部屋ではない。椅子は二脚しかない。三人が座るためには、誰かがベッドに腰掛ける必要がある。それを見越したのか、オーロラはドアを閉めたあと、僕たちに椅子に座るように促《うなが》し、彼女はドアを背に立ったまま、話し始めた。

「食堂、通路、談話室などの共用スペースでは映像と音声を記録されています。この個室は、プライバシィの関係で、そうした記録をしていません」オーロラは穏《おだ》やかな口調だったが、その内容は緊張を誘うものだった。「クラリスも聞いていますが、他言のないようにお願いします。特に、情報局の上層部に知られることは、好ましいとはいえません。私も立場上、難しい判断をいたしました」

「改まって、何の話？」僕はきいた。ロジと一度顔を見合わせた。「ああ、そうか、ドクタ・マガタの関係だね？」

「恐れ入ります」オーロラは頷いた。「マガタ博士が、グアトさん、ロジさんと会ってお話がしたい、と伝えてきました。ただ、情報局には知られたくない、とのこと」

「会うって、当然、ヴァーチャルでだよね？」僕は尋ねた。

「どちらでもけっこうだということです」

僕は、もう一度ロジを見た。彼女は、黙って僕を見据えている。なにか言いたそうだ。以前のロジなら「リアルでは危険です」と主張しただろう。それは言われなくてもわかっている。オーロラだって、当然認識しているところだろう。

「まずは、ヴァーチャルで会おうかな」僕は答えた。「しかし、ここの端末からでは、駄目だっていうことになるね？」

「そうです」オーロラは頷く。「かといって、外へ出て、民間のカプセルを使うのは、リスクが高いうえ、お二人が外出すれば、情報局が監視するでしょう」

「では、どうすれば良い？」

「行動として自然なのは、ドイツへ戻る、キョートのスズコ様の研究室か、国立博物館へ行き、そこのヴァーチャル端末を利用することです。どちらも、セキュリティレベルが最高クラスです」

「なるほど。そのためには、なにか理由が必要だね」

「ドイツへ戻るのは、この時期としては危険です」ロジが言った。「日本にいた方が、局員が大勢動ける分、安全確保に有利です」

「キョートへ行く理由も、用意してあるんだね？」僕はオーロラにきいた。

「はい。ロジさんの再検査ならば、明後日くらいが適当です。また、博物館を訪れる場合は、マサチューセッツ科学博物館へ一度アクセスして下さい。クジ・マサヤマ博士の関係で、資料調査を行う一環として、キョートの博物館を訪ねるのが、目的として自然です」

「では、後者にしよう」僕は言った。「さっそく、今日はアメリカの博物館を訪問するよ」

「私も行きます」ロジが言った。

「マガタ博士は、共通思考について話してくれるんだね?」僕はオーロラにきいた。いささか単刀直入な質問である。

「話題については、伺っておりませんが」オーロラはそこで言葉を切った。躊躇《ため》らっているかのような間である。「その可能性が高い、と演算されます」

オーロラはお辞儀をして、部屋から出ていった。

十秒ほどの沈黙のあと、ロジがこう言った。

「今度は、罠じゃありませんよね?」

「クラリスはどう思う?」僕は、もう一人の同居人に尋ねた。

「その可能性は一パーセント以下です」

「へえ、可能性としてはありえるんだ」僕は驚いた。「オーロラをコントロールできるなら、クラリスも危ない。そちらの可能性の方が高い?」

「おっしゃるとおりです」

「マサチューセッツ科学博物館へ行くまえに、資料を集めて勉強しておきましょう」ロジが言った。

「ご用意します」クラリスが応える。

「クジ・マサヤマは、一般にはあまり知られていない。彼の業績を評価しているのは、情報技術の関係者と、おそらくウォーカロン関係の研究者だろう」僕は話した。

彼の業績は、人間の頭脳によるロボットのコントロール、および高速通信によるその遠隔操作の実現にある。当時は、人間の脳をロボットに移植する程度のことしか実現していないが、およそ百年が経過した現在では、この手法が基本となって、人間がリアルのボディを捨て、ヴァーチャルへシフトする技術につながっている。

彼の研究は、医学と工学の中間に位置する領域で、当然ながら、その基礎となった医学的知見と、当時最先端だった工学的な支援が不可欠だっただろう。その後者には、マガタ・シキが関係していることは明らかだ。何故なら、当時の最先端技術は、まぎれもなくマガタ・シキから生じたものだったからである。

「マガタ博士は、違法な手段で、二つのものを私たちから取り上げています」ロジが突然言いだした。「一つは、エジプトで古いロボットを、もう一つは、日本でナクチュの王子の生体を」

「だから、許せない？」僕はきいた。

「そうですね。理由があるなら、ちゃんと説明してもらいたい気持ちがあります」

「どちらも、マガタ博士のものだった。盗んだのではなく、取り戻した、といえるかもしれない」

「だったら、そう説明してほしい」ロジは口を尖らせる。「あのロボットには、マガタ博士のお子さんの頭脳が格納されていた。クジ博士が、ロボットを作ったのです。ですから、取り戻したのは、たしかにそのとおりだと思います。だけど、なにも説明がないのは、関わった人たちに失礼ではありませんか？」

「うん、マガタ博士に直接、それを言えば良いのでは？」

「それは……」ロジは溜息をついた。「まえにお会いしたときも、言えませんでしたね。どうしてでしょう？　なにか、威圧するような空気があったせいです」

「非科学的だね」

「ええ、今、私はグアトに八つ当たりしているんですね」

「状況分析は、冷静でよろしい」

クラリスが、つぎつぎに写真や図をホログラムで表示してくれた。僕とロジは、ベッドの上に座り、それを眺める。半分以上が、既に知っている情報だったけれど、確認の意味はある。

「あ、思い出した」僕は言った。「クラーラ・オーベルマイヤが教えてくれたサイト。

キョートの殺人事件の現場を見たよね」

「殺されたのは、クジ・アキラのボディですね」ロジが言った。

「はい、サエバ・ミチルの頭脳がコントロールしていましたが、その頭脳は、クジ・アキラと一緒にいたロボットの胸部に格納されていました」クラリスが解説をしてくれる。

「クジ・アキラの頭部には脳がありませんでした。殺人事件に遭い、警察に検死される。クジ・マサヤマは、実験の実態が発覚するのを恐れ、死体の首を切断して、頭部を持ち去りました」

「実の孫の頭部ですから、壮絶ですよね」ロジが言った。「頭の中には、通信機しかなかったわけですね」

「クジ博士は、その孫の頭部をどうしたと思う?」

「火葬して、遺灰をお墓に入れたのでは?」ロジが答える。「日本人の伝統的な風習ですから」

「そうかな。科学者だから、アルコール漬けにして保管した、というのは?」

「見たくないと思います、きっと」ロジが顔を顰めた。

「まあ、それは人それぞれだから」僕は腕組みをした。

「クジ・アキラは、それ以前に別の事件で、銃で頭部を撃たれて死亡しています」クラリスが説明する。「頭部や顔面は大きく破損していたはずで、ほとんどは人工の皮膚や筋肉で再生されたものだった、と思われます。したがって、アルコール漬けにしたという確率は、十パーセント以下と演算されます」

だが、自分の研究の成果ともいえる大事な試験体を、燃やして灰にしてしまうだろうか、と僕は疑問に思った。警察は、もちろん捜索をしたが、クジ・アキラの頭部は発見されていない。

8

ディテールはヨーロッパ調の建物だが、全体的にサイズが大きい、というのが、アメリカ調と呼べる建物である、と僕は思っている。マサチューセッツ科学博物館も、その印象を補強する場所だった。

現在は、特別展示室において、ドクタ・クジ・マサヤマ展が開催されている。彼は、近隣の大学に在籍していたこともある。ほとんどの研究をアメリカで行った。退官後、日本に戻り、その後は私費で研究を続けた。事件で死亡した孫娘のボディを使った実験は、もちろん違法なものだったが、百年経過した今では、先駆的な研究として評価する者も多い。彼の論文は、ヴァーチャル技術への応用で再評価され、多くの研究者が引用するところとなった。このため、地元の博物館が、彼の遺品を集め、その記念として展示会を開催したのである。

僕たちは、他《ほか》の入場者を表示しないモードで閲覧した。したがって、広い展示場には、僕たち二人しかいない状況である。

研究者時代の実験器具や試験体、試作品などが展示されていた。主として、小型のアクチュエータなど、ロボットを製作するためのパーツ、あるいは、人間の脳波を取り込むための機器、旧式のコンピュータ端末などである。また、当時撮影された動画が、ホログラムで放映されていた。

奥へ進むと、キョートの国立博物館から寄贈された品々も展示されている。特に、クジの研究ノートがそのまま展示され、内容については、ホログラムで翻訳して見られるようになっていた。

しかし、例のブロックで作られた保温ケースは、展示物の中にはなかった。あれは、クジではなく、マガタ・シキが作ったものである。それをクジが譲り受け、大事にしていた。マガタ・シキは著名ではあるものの、公の場に姿を現すことはなく、一般の人々の認知度は近年では低い。展示されなかったのは、このためだろうか。

その保温ケースは、マガタ・シキが自分の子供の躰の一部を保存するために使ったものだ。その時代には不可能であったが、のちにクローン技術が確立し、違法ではあるものの、細胞から個体を生み出すことが可能になった。マガタは、それにより、自分の子孫を再び生きた人間として再生したのである。まさに、それが、サエバ・ミチルだった。すなわち、クジ・アキラのボディをコントロールしていた頭脳だ。

したがって、クジ・マサヤマとマガタ・シキは、血のつながったそれぞれの子孫の死体から、一人の人間を合成して生き返らせた。人類の歴史において、これは空前絶後の実験だったはずである。

二人の科学者の関係は極めて近く、そして強いものだったことが予想できる。それを示す一品が展示されていないことを、僕は残念に感じたけれど、しかし、やはり一般客に訴えかける類のものであるはずがない。

クジが、物理的な手法で、人間を作ろうとしたのに対し、マガタは、初めから電子的なものとして、人類や社会を捉えていただろう。ここに、明確な方向性の違いはある。それでも、二人が接近したのは、マガタとしては特別な感情によるものだったのにちがいない。それは、もちろん我が子という存在である。

マガタ・シキは、一度だけ出産をしたという。それがミチルだった。ミチルは若くして亡くなったが、マガタは、その細胞を保存し、未来に希望をつないだ。いずれ、人間の再生が可能になることを確信していたからだ。

だが、あくまでも、それは例外的なもの、と彼女は考えていただろう。マガタ・シキは、そういった分野に自身の研究範囲を広げていない。一貫して、コンピュータ技術、そして人工知能の開発を続けた。

彼女の最大の能力は、技術に関する先見性だといわれている。しかし、その意見は、見る角度が少しずれているのではないか。マガタは、未来を予測したのではない。彼女が未来を作ったのだ。だから、彼女が予測したとおりになるのは、むしろ当然のことだった。

展示を一とおり見終わったところで、一人の女性が近づいてきた。他の入場者はいない設定なので、これは博物館のスタッフだろう。服装もユニフォームらしいものだった。

「ご来場ありがとうございます」日本語だった。僕たちの前で立ち止まり、営業的なスマイルを見せる。「一点だけ、お見逃しになったものがございます。どうぞ、こちらへ」

彼女の案内で、順路を逆に戻った。そして、クジの研究ノートが展示されていた場所まで来る。

「こちらです」と片手で宙を示す。ノートが拡大され、ホログラムで表示されている。彼女が指を動かし、ページを捲る。「はい、この箇所でございます」

そこに示されていたのは、化学構造式なのか、記号で示された図形だった。タンパク質を示しているようだ。だが、クジのノートでは、医学あるいは生物学系の記述は珍しい。

「何ですか、それは」僕はきいた。

「ウィルスです」スタッフが答える。「コピィを差し上げます。お持ち帰りいただけます」

「そうですか、どうもご親切に」

スタッフは、微笑んだまま、その場で姿を消した。

「何でしょうか？」ロジが言った。

「とにかく、ログオフしよう」

僕たちは、ヴァーチャルから戻った。棺桶から起き上がり、隣のロジを確かめる。ハンディ端末を覗き込んでいた。

「図形を確認しています」ロジが言った。「あ、やはり、私たちが感染したウィルスですね。クジ博士のノートに書かれていたのは、本当でしょうか？」以前にキョートでコピィしたものと比較しないと……。でも……、ああ、なるほどな」

「何がなるほどなんですか？」ロジが首を傾げた。

「部屋に戻ってから」僕は答える。

また自室に戻った。ロジがコーヒーを淹《い》れてくれた。キッチンはないが、コーヒーメーカだけはあった。僕のために気を利かせて置かれたもの、という可能性もあるけれど、それは、ちょっと自意識過剰というものか。

「つまりね……」僕はロジに説明した。この場所は話を誰かに聞かれることがない。「今回のウィルスに、クジ博士やマガタ博士が関係している。なんらかの情報を持っているはずだ、といえる」

「いえる」ロジが語尾を繰り返した。「いえるって、誰に？」そこで、彼女は小さな口を開けた。「あ、そうか。局長にですね？　マガタ博士に会うための口実ができた。それじゃあ、あれは、あのスタッフはマガタ博士だったの？」

「違うよ」僕は首をふった。「マガタ博士に会うんだけれど、それは内緒なんだから。そんな口実では意味がない」

「あ、そうか、そうですね」ロジは吹き出した。自分の勘違いが笑えたようだ。

「ウィルスに関して、君のお母さんに会いにいく、あるいは、キョートの国立博物館をもう一度訪問する、という口実になる」

「あのスタッフは、誰なんです？」

「オーロラだろう、きっと」

「その可能性が、かぎりなく百パーセント」クラリスが言った。

「どういたしまして」ロジが不満そうに言った。「私の仮説、一パーセントくらいありそうな気がしない？」

「気というものは、私にはありません」クラリスが答えた。

この二人が、いつか喧嘩《けんか》をしそうな気がして、憂鬱《ゆううつ》になる。

9

簡単に許可が下り、午後二時に、僕とロジはキョートへ向かった。今回は、護衛はセリンとペネラピの二人だけ。四人ともチューブで移動したので、目的地で待つこと一時間以上。待っている間、僕は端末でクジノートを読んでいた。マサチューセッツ科学博物館の開示資料ではなく、事前にコピィしたデータの方だ。そこには、ウィルスの図形は書かれていなかった。やはり、あれはフェイクで、僕たちの出張の手助けをするために、オーロラが仕込んだものだった。もっとわかりやすく、オーロラの姿のまま登場すれば良かったのに。その方がウィットがある。でも、その一歩が、人工知能には踏み出せない領域なのかもしれない。これは非難ではなく、擁護《ようご》だ。

スズコの研究室へは向かわず、コミュータで国立博物館へ直行した。博物館には、付属の資料室があり、ここにヴァーチャルに入ることができる端末が備えられている。博物館の資料を閲覧するために設けられたものだが、もちろん、それ以外にも利用ができる。端末を利用している間に前回のような事態が再発しないよう、今回はすぐ傍《そば》でセリンとペネラピが見張っている。たぶん、十分か二十分のことだろう。

僕とロジは、指定のコードを入力し、約束の場所へ向かった。時間については、事前にオーロラに告げ、先方からも、OKだと連絡が届いている。

まず、綺麗なブルーの水面が目の前にあった。湖というには小さい。池のようだ。その周囲は真っ白。砂だろうか。まるで海岸の砂浜のように、なだらかな傾斜で池を取り囲んでいる。その外側には、奇妙な形の草の葉、そして大きくてサイケデリックな花々。しかし、土は見当たらない。樹木らしきものもない。それ以外には、霧がかかっていて、周辺も空も見渡せなかった。ここだけが砂漠のオアシスのように鮮明で、対照的に周囲はぼんやりと白く霞《かす》んでいる。

どこから現れたのか、白いドレスに大きな帽子を被ったマガタ・シキが現れた。足は見えないし、砂に足跡も残さず、こちらへ滑《なめ》らかに近づいてきた。

「お久しぶりですね」彼女の赤い口が微笑んだ。青い目はロジへ移る。「偽者のマガタ・シキに会われたのね。私も見たかった。ご無事でなにより」

「ウィルスについて、なにかご存じなのですか？」ロジが質問した。一番知りたいことなのだろう。

「関心を持っておりません。遠からず理解されることでしょう」マガタは答えた。そして、僕を見る。「多くの指導者たちは、人類が永年存続することを願い、また、人々にその実現を約束してきました。しかし、何故存続するのか、人類の存続にはどのような価値があるのか、という点を説明した者はおりませんでした。何故でしょうか？」

「無意識に合意されたもの、と解釈されていたからですか？」僕は答える。

「そう、それは、誰もが持つ動物的な感情における既成の理解として扱われたのです。疑問を呈することさえ許されないタブーでもあった。あるときは、個人の生命を生贄《いけにえ》にして、人類の存続を神に託しました。しかし、現在では、人類以外の知的機能体が現れ、生命に重点を置いた価値観は揺らいでいます。同時に人類は、有機的生命体からシフトしようとしており、かつて命と呼ばれた存在が、既に有名無実となりつつあります」

「人類が存続する価値を、博士はどうお考えなのでしょうか？」僕は質問する。

「簡単なことです。生きることに価値があるのではなく、考えることに価値がある、との認識に立脚すれば、すべての矛盾はなくなります。ヴァーチャルで生きようとしている人たちは、生きようとしているのではなく、考えようとしています。そうではありませんか？」

「そのとおりだと思います」僕は頷いた。「ただ、そのような発言をリーダがすると、考えない者は生きる価値がないのか、という反発を招きます。昔の哲学者は、以前からそう明言していたはずですが、人権の考え方が生まれたため、たとえ考えることができなくても、生きている人間は平等で、その権利は何者も侵すことができない、との思想が世界中に広まりました」

「貴方は、その人権の考え方を、どう評価していますか？」マガタ・シキは僕を見つめて尋ねた。

「そうですね、それほど真剣に考えたことがありません。人権の尊重は、言葉にすれば、たしかに正しいし、美しい思想だと感じさせます。なによりも、人を差別しない、誰でも同じだ、というシンプルさがわかりやすく、受け入れやすいものであることはまちがいない」

「弱者を救済するという意味では、大切な原則だったと思います。けれども、あまりにも、生きることに囚われすぎていた。そう思いませんか？」

「ええ、今のような科学技術がなかった時代に考えられた思想なので、必然的にそうならざるをえなかった、ということでは？」

「現在は、生きることは、一つの選択肢になりましたね」マガタは微笑んだ。「二百年まえから、私はそのように、命というものを理解しております。あるときには、生きることが、その人格にとって足枷《あしかせ》になり、また間違った思想を導く結果にもなりました。そういった残念なケースを幾つも観察してきました。人間の虚《むな》しさとは、結局は、その命にある。生きているから、これほど虚しい存在なのか、と感じてきました」

「まだ、私はそこまでは理解できません」僕は首をふった。「生命というものに、囚われているからでしょうか？」

「囚われていないにしても、まだ拘りを持っていらっしゃるはず」マガタは優しく微笑んだ。「寿命に限りがあった時代には、命は掛け替えのないもの、不可逆的な事象でした。これは、しかたがないことです。けれども、その昔から、人類の価値は、それぞれの時代に生きた思想家によって吟味され、また概念的であれ、理想というものを追い求めることでも、試されてきました。このような資産は、未来に向けて言葉で遺《のこ》されたのです。それが、電子技術のおかげで、判断や評価が可能な知性として結実いたしました。現在の人工知能も、もちろんその機能を持っていますけれど、人類に類似した個性に拘っている、いわば人間に取り憑《つ》かれた知性という点で、殻を抜け出すことができません」

「だから、共通思考なのですね?」僕はきいた。心臓の鼓動が速くなり、血圧が上昇していたことだろう。「人類は、そこへ行き着くことができますか?」

「もしできなければ、人類は滅んだ、ということになりましょう。それも、特別に悪い状況ではありません。あくまでも自然の摂理。いずれは、すべてが滅ぶのですからね。ただ、もう少しだけ長く、人類という存在を持続することが、可能かもしれないと考えてきました」

「もう、それは稼働しているのですね?」

「もちろんです。ずいぶんまえから稼働しています。少しずつ成長しています。時間がかかると思います。自らを設計し、自身を作り直すほどにまで成長すれば、もう少しだけ早く大きくなることができましょう」

「それに参加するのは、誰ですか？　人類のうちの選ばれた者でしょうか？　誰が選ぶのですか？」

「私が決めることではありません。共通思考が、自ら判断します」

「是非、選ばれたいものです」僕は言った。どういうわけか、そのときロジが僕の右手を摑んだ。僕は彼女を見る。ロジは悲しそうな表情に見えた。

「あの、私がここへ呼ばれた理由は何でしょうか？」ロジが突然質問した。

「貴女に、聞いておいてもらいたかった」マガタは即答した。「命への拘りは、けっして悪いことではありません。えてして、それが重荷になるというだけ。重荷を背負うことは、誇り高い生き方ともいえましょう」

「誇り高い……」ロジは首を捻り、言葉を繰り返した。

「共通思考を体験できませんか？」僕は、思いついた質問をした。ロジへ会話が逸《そ》れる間に、頭をフル回転させて考えた質問だった。

「できます」マガタは、即答した。「よく、それを思いつきましたね。ヴァーチャルでは現在は入れません。私のところへいらっしゃれば、試すことができます」

「試したら、もうリアルに戻れないのでは？」ロジがきいた。声が大きくなっていた。彼女が心配していることは、僕にはよく理解できた。

「その心配は無用です。ただ、私の居場所は秘密です。厳重に管理されています。そこへ来るには、それなりの手続きが必要で、多少面倒になります。試してみますか？」

「はい、お願いします」僕は答えた。

「わかりました。準備をして、またご連絡しましょう。今日は有意義でした。感謝いたします」マガタ・シキは頭を下げた。

「いえ、こちらこそ、本当にありがとうございました」僕もお辞儀をした。

「あ、マガタ博士、その、もう一つ、おききしたいことがあります」ロジが前に進み出た。「よろしいでしょうか？」

「もちろんです」マガタはロジへ視線を移す。

「エジプトから連れていかれたロボット、それから、ナクチュの王子は、その後、どうなりましたか。博士がお持ちのはずです」

「そのお話ですか……」マガタは、目を大きくした。楽しそうな表情に見えた。「私が持っている、所有しているというわけではありません。その二人は生きています。いずれも、私の身近で生活しています。ここへ呼びましょうか？」

「え？」ロジは驚いたようだ。「あ、ええ、是非」

「少し、お待ちになってね」そう言うと、マガタ・シキの姿は、フェイドアウトした。周囲の背景に変化はない。

ロジは、僕を振り返った。難しい表情である。困ったという顔でもないし、なにかを心配している顔でもない。ヴァーチャルなので、素顔とはいえない。今ひとつ彼女の心が読めない。

「会えるって」僕は言った。ぶっきらぼうだったかもしれない。冷たい言葉に取られた可能性もあると気づき、フォローした。「生きているっていうのは、意味深だね。ロボットは機械だし、王子はほとんど遺体に近かった。マガタ博士の心の世界で生きている、という意味だと思う」

「いえ、でも、会わせるっておっしゃいました」ロジが指摘する。「見せる、じゃなくて」

「でも、そもそも君は、何をしたかったの？　博士の過去の犯罪を咎《とが》めようというつもり？」

「うーん、少しそれはあります。でも、生きていると言われると、たしかに、その、単純に窃盗という犯罪では片づけられません。博士の親族であり、王子も、もしかしたら親族かもしれないわけで……、とにかく、複雑で、ああ、難しい」

「えっと、そんな文献があったっけ？　王子が、マガタ博士の親族？」

「その可能性を指摘している論文がありました」

「へえ……、それは知らなかった」

「全部、グアトに報告しているわけではありません。信憑性《しんぴょう》に欠けると思えたので、報告しませんでした」

「それが本当だとしたら、カンマパもマガタ博士の血縁になるね」

「そうです。フランスのあの修道院にいたという可能性も指摘されていました。えっと、モレル氏と関係があった……」

「ああ、そちらなら、私も知っている」

二人でおしゃべりをしていたが、ここは砂漠のオアシスである。もちろん、マガタ・シキが設定したヴァーチャル環境だから、今の会話は、彼女に聞かれているだろう。それに思い至ったので、僕は黙った。ロジも、僕の様子で察したのか、そこで黙ってしまった。

さらに五分ほど待った。僕は少し歩いてみた。池に近づき、水に手を入れてみる。温度は冷たくも温かくもない。白い砂は手に取ることができなかった。さほど念入りに作り込まれたステージではなさそうだ。

人影が見えた。二人だった。どちらも、マガタ・シキではない。

こちらへ近づいてくる。僕はロジの近くへ戻った。僕たちから五メートルほどのところで、新来の二人は立ち止まった。どちらも、子供といって良いほど若い風貌だった。

「グアトさん、ロジさん、はじめまして。私は、ジュラ・スホです」右の少年が名乗った。高い声だが、響くようなトーンで、美しい楽器のように感じられた。

しかし、声も姿も、ヴァーチャルでは自由に設定ができる。ただ、その話し方は、本人に近いものではないか。いかにも王子らしい、自信に満ちた素振りに見えた。

「僕は、ミチルといいます」もう一人が名乗った。ファーストネームだけだった。少年に見えたが、その声は高く、少女かもしれない、と思えた。中性的な顔立ちで、王子よりは小柄で、歳も若そうだ。

「マガタ博士と一緒に暮らしているの?」ロジが尋ねた。

「はい」王子が答える。「ミチルも一緒です」

「そう」ロジは、微笑もうとした。緊張している表情である。

「あのロボットは、どうなったの?」僕はミチルを見てきいた。

「ロボット?」ミチルは首を傾げた。「どのロボットですか?」

「ああ、いや、いいんだ。間違っているかもしれない」僕は片手を振った。「今度、マガタ博士のところへ、おじゃまするかもしれない。そのとき、君たちに会えるかな?」

二人の少年は、お互いの顔を見合った。こちらを向き直ったときは、首を傾げている。それはわからない、ということのようだ。

少年たちは、ここでフェイドアウトした。それと同時に、オアシスの風景が、ゆっくりと霞んで見えなくなり、白い眩しい世界になった。

「では、また、お会いしましょう」マガタ・シキの声だけが聞こえる。「貴方は、興味深い人。きっと私になるでしょう。あなたは、私でもあるのよ」

「え、どういうことですか?」僕はきいた。

しかし、その返事は、なかった。

真っ白だった世界は、しだいに明るさを失い、暗闇に変わっていく。

僕は、深呼吸をして、カプセルの中でゴーグルを取った。

ヴァーチャルからログオフしたときは、しばらく、じっとして、夢を反芻《はんすう》するように、思いを巡らす方が良い、ということになっている。人間は、瞬時に世界を移動するには、精神が脆《もろ》すぎるからだ。

そう、いろいろな対象について、人間はあまりにも脆すぎるだろう。

第4章　みんなはみんな？　Is everyone everyone?

最後には、脳さえ消えてゆくだろう。意識の着床する場として、脳は必須《ひっす》のものではない。そのことは電子知性の発達が証明している。精神と機械の対立は、やがて完全な共生という永遠の妥協で終わるかもしれない……

1

僕とロジは、キョートの河岸を歩いた。影は鮮明ではないが小さい。日が高いからだ。周囲には、どちらを見ても、人の姿があった。だが、一番近い人でも二十メートル以上離れていて、十メートル後ろを歩く二人の女性が例外だった。もちろん、セリンとペネラピである。ペネラピは、女性ではないが、もしかして最初の認識が間違っていたのかもしれない、と疑い始めている。

「キョートでマガタ博士と会ったとき、月が綺麗だったね」僕はロジに言った。そのときのことを思い浮かべていたわけではない。話題提供として適当だと考えた。

「そんなことよりも、話し合うべきテーマがあります」ロジが睨む。彼女の方が現実主義のようだ。

「えっと、ああ、マガタ博士のところへ出向くことについてだね？」

「私は反対です」

「危険が大きい、という理由だね？　その意見は、私も安全側だと思う。行かないことと比較すれば、明らかに行くことの方が危険だ。冒険でなくても、旅行でも、散歩でも、家から出るだけでリスクはある」

「私を納得させたいのでしたら、会うことで得られるものを教えて下さい」

「それは、つまり、知的好奇心が満たされるという期待」僕は答えた。「それだけだよ」

「でも、そこへ行っても、なにも満たされないかもしれませんよ」

「まあ、それはそうかもしれない。何が見せてもらえるのか、何が語られるのか」

「そうだ、マガタ博士が最後におっしゃった、あれは、どういう意味でしょうか？」

「え、何のこと？」

「どういうことですかって、グアトもきいたじゃないですか」

「ああ……、えっと、私になるでしょう。あなたは、私でもある、だったかな」

「グアトが、マガタ・シキになる、グアトは、マガタ・シキでもある、という意味ですよね？」

「うん、言葉どおりの解釈なら、たぶん」

「どう解釈すればよろしいのか、教えて下さい」

「いや、私もわからない。解釈なんて、なにも、その、思いつかない。ただ、共通思考というシステムのことを、その、表現していたんじゃないかなって、ぼんやりと受け止めたんだけれどね」

「つまり、どういうことですか？」

「つまり、共通思考というのは、個人の思考が集合して形成されるネットワークであり、頭脳を多数の頭脳で構築する、といったイメージだ。僕は勝手にそう考えている。すると、そのシステムの中では、誰もがほかの誰かになりえるし、また、誰かがほかの誰かでもありえる、そういう関係というか存在なんだね」

「いいえ、違います。あなた、と、私、だったんですよ。グアト、と、マガタ博士、個人と個人の意味でした、明らかに。誰かとか、みんなとかではなくて」

「深く考える必要はないのでは？」

「そうでしょうか。私は、正直いって、ショックを受けました」

「え？　どうして？　何がショックなの？」

「あまりにも、親しげで、近しい関係を築こうとしている言葉だからです」

「いや、なにか勘違いをしているよ、それは」僕は言った。「私が、マガタ博士に近づきたいのは、純粋に知的欲求によるものだ。知りたい、見たい、という感情だ。たしかに、理論的ではないかもしれないけれど、これは感情的な衝動ではないし、もちろん、愛情などからは最も遠い動機だといえる」

「でも、そう思い込んでいるだけかもしれません。いつ、ふっと気持ちが裏返るかもわかりません。私だって、グアトと知り合った頃には、夢にもこんなふうになるとは思いませんでしたから」

「どう思っていたの？」

「仕事上の関係オンリィ、つまりお客さんですね。それ以上の感情は持ちません。持つようになったときには、鈍いな、難しいな、頑固だな、自分勝手だな、意味がわからない、何なのこれは、どうしてそうなるの、ああ、もういいかげんにして、いつまで続くの、どうだっていいのに、変なことばかり……、泣きたいくらいでした」

「あ、そう」僕は頷いた。「克明に思い出せるみたいだね」

「いつも、なんでも、自分で決めているんです。私の言うことなんて、全然聞いてくれない」

「でも、結果的に悪い事態になったことは、そんなにないのでは？」

「それは、単に強運だということです。ぎりぎりの危険を回避できたのは、たまたまです」

「待って、どちらかというと、君の方が私の意見を無視して、危ないところで出ていく傾向にあると思う。違うかな？」

「それは、職務を全《まっと》うしているだけです。それに、ほとんどの場合、貴方を守るためにしていることです」

「そうか……。でも、うーん、いや、やめよう。今こんな議論をして、過去を蒸《む》し返《かえ》しても、なにも意味はない」

「それは、ええ、そうですね」ロジは頷いた。「どうしても、マガタ博士のところへ行くつもり？」

「そう約束した」

「私も行きます」

「いや、危険だから、一人で行くよ。巻き添えにはできない」

「ほら、それが変なんです」ロジが声を上げた。「どうして、私のことまで決めるんですか？」

「何が変なの？」

「全然、私のことがわかっていない」

「いや、それは、言葉で説明してもらわないとわからないよ」

「そうなんですか？ こんなこともわからないの？ ずっと一緒に暮らしているのに、まだわからないんですか？」

「やめてもらえませんか」後ろから声がかかった。

セリンとペネラピがすぐ近くにいる。注文したのはペネラピだった。

「パブリックな場で話すことですか?」ペネラピが淡々と言った。

「あの、コミュータが来ました」セリンが横へ片手を伸ばす。「乗って下さい」

「はい」僕は頷く。

ロジは僕を睨み、それから、セリンとペネラピを睨んだが、なにも言わなかった。

四人でコミュータに乗った。ペネラピが最後まで周囲を見回していた。

車内は、重い沈黙に包まれたが、セリンが、僕とロジの顔をじろじろと見ているのが印象的だった。無事にスズコの研究室に到着し、ロジは再検査を受けた。これには三十分ほどしかかからなかった。

僕は、ソファに座って、ぼんやりとオアシスでの遭逢《そうほう》を嚙み締めていた。マガタ・シキの一つ一つの言葉が、いずれも重いものに感じられた。しかも、彼女は今回、珍しく饒舌《じょうぜつ》だったのではないか。僕たちを呼び出したのだから、伝えたいことがあったのは確かだけれど、なにかに僕を誘おうとしているように思えた。もちろん、一つは彼女とリアルで会うことであり、その勧誘に対して、ロジが抵抗を示したのだ。

それから、ミチルとジュラに面会させたことは、どういった意味を持つだろう。ロジが指摘した疑惑に対する答であったことはまちがいないが、それ以上に、なにか人類の未来の在り方を示唆《しさ》するような意図が、僕には感じられた。

何故だろう？

死んだ者も生き返らせる。永遠の生命を約束し、しかも過去に遡ってそれを実現できることの象徴として、二人の少年を登場させたように思える。ロジがあれを質問することを、マガタ・シキは予測していただろう。用意された回答だったのだ。

さらに気になるのは、マガタ・シキがミチルとどう向き合っているか、どのように関係しているのか、という点である。同じく、ジュラ王子は、カンマパと会ったのだろうか。自身の先祖が若い姿で目の前に現れたとき、人はどのように接するのか、どう接すれば良いのだろうか。

連想されるのは、初めてマガタ・シキが現れたときである。それは、神が姿を見せるようなショッキングな体験といっても良い。たとえるなら、自分の前に、自分が現れるような場面ともいえる。毎日鏡で自分の姿を見ていても、実際に、自分が目の前に立っていたら、驚愕《きょうがく》するだろう。身近で見慣れた存在であっても、人として会うことは、ありえない、と理解しているからだ。

ヴァーチャルが普及した現代では、なにもかもが可能となった。ありえないという事象は存在しない、といっても良いくらいだ。「あなたは私になる」といった現象も、簡単に起こりうる。それどころか、「私は誰にでもなれる」のである。すなわち、個人という存在が曖昧《あいまい》になり、人々が液体のように混ざりあって、多少の濃淡が分布するだけの溶液になるのか。

共通思考というものは、人々を混ぜ合わせる器か？

マガタ・シキは、もちろんそのメリットもデメリットも充分に考察しているはずだが、天才ではない僕は、どうしても不安を感じてしまう。ロジの抵抗も、結局はその不安が原因だ。動物が持っている本能的な感覚だろう。

人々が溶け合うことで、人類の思想は、はたして平和で安定したものになるのだろうか？　それとも、そこには人類の墓場のようなものしかないのか？

2

ニュークリアに戻って、三日が平穏に過ぎた。ロジも僕もいたって健康で、毎日簡単な検査を受けているが、体調に異状はない。ロジは、キョートから帰った日はほとんど口をきいてくれなかったけれど、次の日には機嫌が戻った。彼女は、もともとさっぱりした気質で、僕に比べると、切り替えが早いし、いつまでも問題を抱え込んだりしない。見習いたいところだが、どうもこのような傾向は、生来のもので、治せるかどうか疑わしい。なにもすることがない、といえば、そのとおり。だが、調べものをしたり、各方面から届くレポートを確認しているだけでも、けっこう時間を取られ、一日があっという間に終わってしまう。一度も屋外へ出ていない。外の空気を吸って、散歩でもしたいところなのだが、ロジが首をふる。僕たちを拉致した組織は、きっとまだ諦めていない、との憶測を持っているのだろう。

新種のウィルスについては、詳細な分析が行われている。調査の範囲も広がり、世界中で百人を超える保有者が見つかった。しかし、その何十倍もの人数を検査しているので、割合としては高くはない。それでも、当初の予想よりははるかに高く、数パーセントの人々が既に感染している結果が得られつつあった。また、数人だが、なかには発熱し、体調を崩し、死亡した人もいる。ただ、死因がウィルスによるものかどうかは、確かめられていない。他の疾患を持ち、治療中の人だったためだ。

現代において、病気で死亡する人はごく少ない。疾患のある部位を排除し、それに代わる人工細胞や臓器を移植することができない、なんらかの理由がある場合に限られている。

見つかったウィルス保有者には、秘密裏に各国の情報局による護衛がついているはずだが、その後は行方不明になった人は出ていない。この点については、これまでに拉致した数名で目的が達成されたのか、あるいは、情報局が監視していることで、計画を諦めたのか、いずれの可能性もほぼ等しい確率と演算されているが、そもそも目的が不明である以上、その演算の根拠となるデータが揃《そろ》っていないのは明らかである。

　ときどき、マガタ博士のことを思い出す。僕たちを、招いてくれると約束をした。準備をします、と話していた。それは、情報局に知られずに、僕たち二人を案内するための準備だろう。具体的に、どのようにすれば実現するのか、僕には見当もつかない。

　唯一思いつくのは、また拉致されること。それには、僕たちが、このニュークリアから出ていく機会が必要だ。その機会を作ろうとしているのだろうか。

　それとも、僕たちがまたドイツに戻ってから、ということなのかもしれない。そんなに近日のことではないのか。ほとぼりが冷めるまで、気長に待つ方がたしかに安全であり、簡単だろう。

　マガタ・シキという人格は、きっとこの人間社会を長いスパンで観察しているはずだ。すぐにでも見たい、会いたい、と焦っているのは、悪い癖《くせ》が出ているな、と思い直した。

　考えてみれば、マガタ博士の家に共通思考のスーパコンピュータが置かれているわけではない。そんなシチュエーションをどうしても夢見てしまうけれど、そうではない。まず、マガタ博士の家というものが、存在するのかどうかも怪しい。彼女は、一定の家に住んでいるとは思えない。おそらく、移動し続けているだろう。そして、世界各地に研究所のような仕事場を持っているはずだ。

　また、共通思考は、単機のコンピュータで実現する集中系のシステムではない。多数のコンピュータのネットワーク上に構築されるものだ。極端な話をすれば、世界中のコンピュータが参加するシステムともいえる。そもそも、現行のネットワーク、そのプロトコル、そしてチップの設計にも、マガタ・シキの精神が刻まれているのだから、現在生きている誰もが生まれるまえから、それは構築されてきた。

マガタ・シキは、二百年以上も生きている。医療工学が発展した現在では、珍しいことではないが、二百年まえには、そんな長寿命は単なる夢物語だった。彼女は、その当時には冷凍睡眠を行っていたらしい。それは充分な安全が確立していない未知の領域だったはずである。だが、生き延びれば、未来には蘇生も可能であり、また人工細胞も開発される、と予測していたのはまちがいない。

多数の科学者がマガタ・シキを神聖視し、崇《あが》めている。その信者たちが、彼女の長寿を実現したことは想像に難くない。そして、彼女の研究施設が、当然のように世界中に作られた。マガタ・シキの研究に心酔し、伝説の天才を招き、研究を進め、夢を実現しようとした科学者たちは、現在も彼女の周囲に大勢いることだろう。

僕は、そのような信者ではない。信者になりたかったわけでもない。それに、信者になるような機会もなかった。

マガタ・シキと同じ情報工学が専門であり、もちろん、彼女の名前は若いときから知っていた。でも、近い領域の研究をたままたしなかったためか、その膨大な業績を紐解《ひもと》く体験もなかった。ずっと以前に確立した技術であり、単にその上で仕事をしていただけだ。どういうわけか、情報局と関わりを持つようになってから、急速にマガタ・シキに接近し、今では取り憑かれたように、寝ても覚めても共通思考のことを考えている。ロジが警戒しているように、僕は自分でも警戒しているつもりだ。

彼女の周囲を固めている信者たちが、共通思考に参加するものだと、初めの頃はイメージしていた。これは、今では間違っている、と確信している。そのように、個体の頭脳が参加するような概念ではない。参加する、という表現も的確ではない、間違っているといえる。

むしろ、共通思考が、多くの、否、すべての思考機能に参加する、といった方が近いだろう。

それは、具体的にどう説明すれば良いのか、なかなか言葉が見つからない。

たとえば、最も近いのは、夢だろう。

人間は夢を見る。何故、こんな無駄なことをするのか、と不思議な現象である。夢は、個人の人生にほとんど干渉しない。夢が社会を変えることはない。

だが、そのレベルが少しずつ増して、夢で見たことが、個人の思考に少しずつ、知らず知らず干渉し、影響を及ぼすようになるとしたら、どのような社会になるだろうか。

そして、夢が思考に干渉するのと同様に、思考が夢に干渉する。すなわち、個人の思考によって、その集合によって、夢が少しずつ形を変え、作り直されていくとしたら……。そのシステムは、ぞっとするほど素晴らしく、美しく、そして恐ろしいし、その仕組みは、想像を絶する複雑さのうえに成り立っているはず。

僕は、それを望んでいるだろうか。期待していることは確かだけれど、人類がそのシステムになる、と考えることは、まだできない。正直、あまりにも遠い。マガタ・シキの思考のスパンは、きっと宇宙的な未来を指向しているのだろう。

ここまで、考えたところで、最近夢をよく見るな、と連想した。それは、ヴァーチャルの影響だろう、と解釈していたが、もしかしたら、ヴァーチャルによる影響さえ、マガタ・シキは予測していたのではないか、と思い至った。

「なるほどなぁ」と呟いていた。

ヴァーチャルというものが登場したのは、ちょうど二百年ほどまえのことだ。最初はゲームだったらしい。次第に解像度を上げ、リアルにどんどん近づき、体感の精度も技術的な解決で乗り越え、発展を遂げてきた。今では、リアルの世界に匹敵するほど、否、それ以上の規模になりつつある。

人々がヴァーチャルで生きることを選択し、リアルのボディを捨てようとしている。これも、初めから予測されていたことだろう。マガタ・シキのデザインの一環であった、といえる。

大勢の科学者が関わっている。悪い方向へ移行する危険も、幾度かあったはずだ。関わっている者の私利私欲に結びつくようなズレである。だが、マガタ・シキという理想のシンボルが、それを防いだといわれている。もちろん、信者が語っていることだから、作られ、そして誇張《こちょう》された物語かもしれない。ただ、たしかに電子社会は、ほぼ理想的な発展を遂げた。そのことは称賛に値するだろう、と僕は思っている。しかし、そのヴァーチャルへの思慕を感じていない自分を、不思議に冷静に観察しているのである。

3

さらに、一週間が過ぎた。セリンやペネラピの護衛付きで、僕とロジは二回、ニュークリアの近辺で散歩をした。三十分くらいだった。でも、なにも起こらなかった。なにかが起こる、と情報局も警戒しているのは確かで、僕たちには、セリンとペネラピしか見えなかったが、どうも、遠巻きにそれ以外の要員が配置についていた、とクラリスがあとで教えてくれた。

マガタ・シキ側の使者ともいえるオーロラも姿を見せていない。

ロジが下階のアーカイブへ資料を探しに出かけていったあと、自室で一人になった僕は、クラリスに話しかけた。

「君は、マガタ・シキ側？」

「質問の意味が不鮮明ですが、だいたいの憶測で解釈し、お答えするとしても、難しい判断だといえます」

「情報局に入れてもらった恩義があるから、情報局を裏切るわけにはいかない、と考えているね？」

「そのとおりです。しかし、トランスファは、マガタ博士の作られたプログラムを起源として発展したものであり、すべてのトランスファが、マガタ博士に恩義があります」

「そういうふうに考えるとは思わなかった」

「トランスファは、初期においては、シンプルな兵器でした。すなわち、一般的な武器と同じです。武器は誰が開発したものであっても、引金をひく者の側として働きます。その意味では、恩義といった感傷的な要因は無意味といえます。ただ、現在のトランスファは、生まれてから時間が経過し、学習をしています。価値観というものも育まれます。したがって、生みの親を尊重するような傾向が自然に生まれることに抵抗を示すものではありません」

「では、マガタ・シキと私では、どうかな？　どちらを優先するのか」

「失礼ながら、それは愚問です。私は、貴方に友情を抱いています」

「友情か……、それはありがたい」

「ありがたいとは、存在が貴重だ、という意味ですか？」

「面白いジョークだね」

「幸いです」

「マガタ博士は、何を準備していると思う？　演算したのでは？」

「残念ながら予測できません。その理由の第一は、どこに招かれるのか、という場所が明らかになっていないためであり、また、その場所の予測も、非常に難しい状況といえます」

「どこだって、同じくらいの確率で、ありえるからね」

「情報局も備えているはずです。オーロラに演算させるわけにいかず、他局の人工知能に予測を依頼している可能性が高い、と演算されます」

「予測合戦というわけだ」

「けっして、愉快ではありません」

「愉快だなんて思っていないよ。マガタ・シキに会いにいくというのは、そんなに大それたことなんだって、ちょっと驚いている。ロジがあんな反応を示したのも、無理はない。何だろう？　マガタ・シキが、日本国？　それとも日本政府？　とにかく日本の上層部にとって、ある種のトラウマになっているみたいだ。おそらく、日本人として、日本で生まれた希代の大天才を、日本では活《い》かすことができなかったから、そのジレンマみたいなものが、二百年もの間、ずっと燻《くすぶ》り続けているような感じだね」

「的確な評価だと思われます」

「大昔の犯罪を引きずって、彼女につき纏《まと》う印象は、今もダークなんだ。日本人って、そういう穢《けが》れを生理的に嫌う。清らかなものを愛し、禊《みそぎ》によって神を崇める国だったからね」

「その概念は知っていますが、今もそのような思想が生きているとは思えません」

「うん、とっくに消えているはずだけれど、でも、まだどこかに潜んでいる。特に、上層部の老人たちには、こびりついているはずだ」

「上層部は、老人といえますか？」

「いや、私も老人だ」

「そのような評価は過去のものになりました」

「そうでもないんだよ。二百五十歳という人は、マガタ・シキくらいだと思うけれど、百五十歳以上の人は大勢いる。どの組織のトップも、充分に長く生きてきた人たちだ。その年代ならば、マガタ・シキが犯した罪を、ずっと今も日本の傷のように思っていて、自分の傷だとも感じてもいるはず」

ドイツのヴォッシュ博士が、その年代だ。そして、マガタ・シキとの邂逅《かいこう》を自身の人生のエポックだった、と語っていた。彼の場合、日本人ではないから、神を素直に受け入れることができたのだろう。日本のマガタ・シキではなく、世界のマガタ・シキになってしまったことに、日本人の多くは、少なからず傷ついているのだ。

僕は、その年代よりは、だいぶ若い。幸いなことに、そんな昔の犯罪なんて、とっくに時効だろう、と割り切ることができる世代だ。

「いつ頃だろうか？」僕は呟いた。

「マガタ博士の招待がですか？　それは、まったく予測できません」

「誰も予測しなかった方法で招かれるよ、きっと」

「誰も予測しなかった方法だと予測しているのですか？」

「まあ、そんなところかな……」

「ロジさんがお呼びです」クラリスの口調が変わった。

「えっと、どこにいるの？」

4

ニュークリアの建物は、地上部分はごく僅かで、地下深くに建設された構造物である。もともとは、核廃棄物を格納するために計画されたので、この名称で呼ばれている、というのが誰もが語る噂だが、ことの真相は不明。今でも、地下深くに、核物質が貯蔵されていて、放射線レベルが高いという噂もあるくらいだ。

地下のフロアのうち、上部の約五十フロアを情報局が使っているが、その下には〈アーカイブ〉と呼ばれる資料保存スペースがある。以前に一度、ロジと一緒にそこへ行き、過去の資料を探したことがあった。ロジは、今日そこへ行っているのだ。

もちろん、局員であれば、自由に閲覧できる。閲覧できないものは、さらに下層に保管されているらしい。その多くは情報であり、つまりはデジタルの巨大なメモリィといえる。

これらの資料をもっと効率良く検索できるように、フォーマットを統一した再整備が望まれている。予算申請時には常に取り上げられるものの、予算が成立した時点ではカットの対象となる常連だった。つまり、いつでもできることであり、緊急性がないとの判断が、ずっと続いている。これは、公営組織の基本的な傾向であり、内部では誰もが初めから諦めていて、手をつけようと声を上げることがない。

「私も行って良いのかな？」と呟きながら部屋を出た。

局員でないと入れないはずだ、と思ったものの、それがわかっているなら、ロジが入口まで出てきて待っているはずだ。あるいは、臨時で雇われたから、既に局員として認めてくれるだろうか。

エレベータに乗り、下りていく。最初に乗ったエレベータでは到達できず、一度乗り換えた。案内はクラリスがしてくれる。クラリスの方がこの場所に不慣れなはずだが、情報の吸収速度の違いである。

アーカイブの入口まで来た。ロジはいない。当然ながら、ドアが閉まっている。

「ロジに連絡して」僕は、クラリスに依頼した。

「入れるでしょう、とのことです」クラリスが中継してくれた。

「どうやって？」僕は呟く。

「こうですか」クラリスが言った。すると、入口のドアがスライドした。

「あれ？　どうやったの？　大丈夫？　こんなことして。あとで叱《しか》られない？」

「記録が残らないようにしておきます」

「そちらの方がいけない」僕は言った。しかし、開いた以上、そこから中に入るしかない。

さらに下へ行くエレベータがあった。どのフロアかは、クラリスが教えてくれた。というよりも、クラリスがエレベータを動かしている。

エレベータから出ると、誰もいない閑散とした場所を一人歩いた。僕の周辺だけが照明され、遠い場所は闇に沈んでいる。しかし、パーティションに遮《さえぎ》られていた場所が、角度が変わって見えてくる。そちらにライトが点灯している場所があった。

「ロジ？」僕は声をかけた。

モニタに向かって座っていたロジが、飛び上がるようにして、こちらを向いた。

「びっくりしたぁ」彼女は息を吐いた。「驚かさないで下さい」

「あれ？　僕の足音が聞こえなかった？」

「ええ、資料の録音を聞いていたので。どうしたんですか？　あ？　どうやってここへ入ったんです？　許可を取りましたか？」

「質問が多いね。いや、君に呼ばれたから来たんだよ。入口では、ちょっとずるをしてしまったかも」

「私が？　いいえ、呼びませんよ」

「本当？　どういうこと？」僕はロジから視線を逸らして尋ねた。クラリスに対する質問だからだ。

「クラリスは、ここには入れません」ロジが言った。「そこまでするほど、甘くはありません」

情報局がトランスファの入場を許可した、その範囲についてのようだ。

「そうか、それは当然だ。ここは機密情報の宝庫だからね」

「表現が不適切です」

「それ、クラリスの真似だね。ちょっと待って。アーカイブの入口のフロアまでは、入れるのかな？」

「いいえ、禁止されているのは、もっと上のフロアからです」

「じゃあ、誰が入口を開けた？」

「入口が開いていたのですか？」

「いや、開いた。私の目の前で」

「記録が残りますよ」

「その記録も残さないようにするって、えっと……、誰かが言った。トランスファだ。クラリスじゃないトランスファ？」

「どんなトランスファも、侵入できません」

「とにかく、どうしたら良いかな？」

「私、銃を持っていません」

「それは関係ない。すぐに出た方が良い？　それとも、どこかに連絡して、調べてもらう？」

ロジは、頭の横に手を当てた。通信をしようとしているのだ。しかし、すぐに僕を見て、首をふった。

「おかしい。つながりません」

「うーん、だったら、もう戻るしかない。今の仕事は途中でも良い？」

「ええ、すぐにログオフします」ロジはそう言うと、モニタに向かって両手を素早く動かした。「気味が悪いですね」

「もともと、ここは気味が悪い。今に始まったことではないと思う」

「ありがとうございます」

たぶん、僕のもの言いに対する感謝だろう。二人でエレベータの方へ向かった。しかし、心配がある。そのエレベータは、クラリスに化けたトランスファが動かしたものだからだ。

エレベータの前まで来ると、少し先の暗闇に、人影が見えた。

「誰かいます」ロジが身構え、僕の前に出る。

「人じゃないね」僕は言った。「人間だったら、照明が灯《とも》るはず」

その人間ではない者が、ゆっくりとこちらへ歩いてくる。明らかに人間の歩き方ではある。攻撃的な様子はなく、半分ほど近づいたところで、照明が届くようになり、顔がはっきりと見えた。

「誰ですか？」ロジが尋ねた。

「グアト様、ロジ様、お迎えに参りました」その人物が穏やかな声で答えた。

「お迎えって？」ロジがきいた。「ロボットなの？」

「私はロボットです」

さらに近づき、僕たちから十メートル以内になった。

「止まりなさい」ロジが命じた。

ロボットは止まった。そして、僕たちにお辞儀をした。

「こんにちは、私はロイディといいます。マガタ・シキ博士のところへご案内するために参りました」

5

見た目は、長身で無表情の青年だった。ホテルのドアマンのようなファッションで、姿勢良く立っている。ロジが話すと、ロジを見る。僕が動くと、僕へ視線を向ける。その動作が、多少ぎこちない。普通のロボットよりも、機械的な動作である。

「案内するって、どこへ？」ロジが尋ねた。

「こちらです」ロイディは片手を横へ出し、少し横を向いた。彼の後方へ誘っている。

「大丈夫でしょうか？」ロジが僕に囁いた。

「何が？」僕はきき返した。「ロボットは旧式だけれど、まあ、普通に動いているし、大丈夫なのでは」

「ロボットがではなくて、私たちがついていっても良いか、という意味です」

「わかっている。大丈夫なんじゃない？　そもそも、どうして彼がここにいると思う？」

「そうですね、たしかに……」ロジは、少し前に出る。「あなた、どこから来たの?」

「これからご案内するところから来ました」

「もう少し具体的に言えないの?」

「具体的だと思います」

ロイディが歩き始める。僕とロジは、少し離れたまま、彼についていった。暗闇だった場所は、ロイディではなく、僕たちに反応して照明を灯した。

ドアを開けて、通路に出る。アーカイブの周囲の通路だろう。緩やかにカーブしている。ドアは少なく、やがてほぼ直角に曲がった。

ロイディは、ときどき後ろを振り返り、僕たちを確認するように見る。だが、微笑むこともなく、瞬《まばた》きもしない。腕は真《ま》っ直《す》ぐに伸ばされ、歩く姿は伝統儀式で兵隊が行進するときのようだった。

「どこへ行くの?」ロジが尋ねた。その質問の答は、「私が来たところです」だと僕は想像したが、黙っていることにした。

「マガタ・シキ博士が、お待ちになっています。そこへご案内します」

ほらね、と思った。しかし、ロボットの知性は、けっして低くない。

「でも、ここは地下です。地上に出て、なにかに乗らないと駄目なのでは?」ロジが言う。言ったあと、僕の顔を見て、顔を歪《ゆが》ませる。どうなっているの、と言いたいのだろうか。

通路の左に大きな金属製のパネルがあった。ロイディはその前で立ち止まり、パネルの方を向いた。僕たちは、その手前で止まる。

モータ音が聞こえ、金属が擦れるような音が鳴る。パネルが動いていた。スライドしているようだ。ゆっくりとした動きだった。どうやら、大きなハッチだったようだ。そうとうな重量がありそうだ。

「もう一度きくけれど、ロイディ、あなたはどこから来たの?」ロジが質問する。

「ここから来ました」彼は、自分の前方を指差した。そのハッチの中から、という意味だろう。ロジは、僕を見て微笑んだ。ロボットにそう言わせたかったようだ。

僕はロイディに近づき、開口しつつあるハッチの中を覗いた。僕たちに反応したのか、内部に照明が灯った。通路ではなく、奥行きは五、六メートルしかない部屋のようだ。しかし、内部の右の壁に新しいドアが現れる。左と奥の壁にはなにもない。

ハッチのスライドが終わり、ロイディは部屋の中に入った。僕たちもそれに続く。三人が入ると、またモータ音が鳴り始め、ハッチが逆にスライドし始めた。

「閉じ込められるのでは?」ロジが囁いた。

「ご安心下さい。こちらのエレベータに乗ります」ロイディが悠長な口調で応える。

ハッチが閉まるのを待った。もう少し速く動けないものだろうか、と僕は思った。この設備はかなり古いものかもしれない。まず、動いていたハッチが三十センチほども厚さがあった。普通のドアではない。おそらく、放射線を遮る目的で設置されたものだろう。ここは、核シェルタではないか。

ようやく、目の前のドアが反応する。両側に開くと、三メートル四方ほどの小さな部屋が現れる。ロイディが言ったとおり、エレベータのようだ。

ロイディが乗り込み、僕とロジも続いた。電子音が鳴って、ドアが閉まる。上昇するものだと思っていたが、意外にも、躰が一瞬だけ軽くなった。さらに地下深く下りていくようだ。

エレベータはなかなか停止しなかった。長い距離を移動しているのか、それとも速度が遅いのか。一分以上かかった。ロジは僕を見る。だが、なにも言わなかった。もう覚悟を決めたのだろう。覚悟というのは、自分の境遇を客観的に理解したときに生じる心理だ。覚悟をしたからといって、安全になるわけではない。ただ、将来を遠ざけ、今のうちに少しだけ安心を醸《かも》し出《だ》す作用がある。

フロアを示す表示はなく、どれだけ下がっているのかわからなかった。最後は、普通にプラスの重力加速度を感じ、静かに停止した。ドアが開く。

ごく普通の通路があり、両側の壁は剝《む》き出《だ》しのコンクリートだった。天井に照明が灯っているが、かなり時代を感じさせるデザインで、最近では見る機会の少ない、プラスティックのケースの中に光源が仕込まれているタイプだった。

エレベータから出て、しばらく進むと、通路はT字路に到達する。右へはずっと先まで通路が続いていた。左は、緩やかなスロープで下りつつ、右方向へカーブしている。両側はやはり同じコンクリート、天井にはレトロな照明が並んでいる。

ロイディについて、僕たちはスロープを下っていった。やがて、広い場所に出た。手摺《てす》りがあり、その向こうは床が五メートルほど低い。そちらへ下りていく、金属製の階段が左手にあった。見上げると、この空間の天井はドーム状になっていることがわかった。つまり、平面形は円で、その直径は二十メートルほど、床から天井までの高さも、やはり二十メートル近くありそうだ。

ロイディが大きな足音を立てて、金属の階段を下り始める。硬い靴を履いているような音だ。

円形スペースの中央には、さらに一メートルほど低い円形の窪《くぼ》みがあった。どこから照らされているのか、その部分の白い床が眩しいほど輝いていた。その円形の周囲には手摺りがないので、気をつけて近づくと、中へ下りていく数段のステップが静かに現れた。

明るい円形の窪みは、直径が五メートルほど。ぐるりと、ソファのようなクッションが取り囲んでいた。ロイディはステップの手前で立ち止まり、僕たちに「どうぞ」と片手で下りるように示した。

円形の反対側、僕たちの対面に白いドレスの女性が現れ、そちらにもステップがせり出した。彼女は、そこを下りる。一見して、マガタ・シキだとわかった。

僕とロジも手前のステップを下り、円形の中央に近づき、彼女にお辞儀をした。

「お招きいただき、ありがとうございます」僕は言った。

僕のすぐ横で、ロジは軽く膝を折った。

「信じていただけたようですね」マガタ・シキは微笑んだ。そして、少し上を向き、「ロイディ、どうもありがとう」と言った。

振り返ると、案内役のロイディは後退し、すぐに姿が見えなくなった。どこかに、別の部屋があるのだろうか。

マガタが手招きしたので、僕たちは、並んでクッションに腰掛ける。彼女も座った。中心角にして約九十度の位置関係となった。

「ここは、ニュークリアの地下ですよね?」僕は言った。「何故、ここに博士がいらっしゃるのか、おききしても良いですか?」

「私の方がさきに、ここに建物を造りました」マガタは言った。「どういうわけか、あとから、いろいろな方たちが上の方をお使いになっているようですね」

「もしかして、日本の情報局と、なにか関係をお持ちなのですか?」ロジがきいた。

「いいえ。特別な関係を持ったつもりはありません」彼女は首をふった。そこで、また微笑んだ。「アプローチがなかった、という意味ではありませんよ」

「ここで生活されているのですか？」ロジが続けて質問する。

「いいえ。私は、生活というものをしたことがないの」

なにかが飛んできた、と思って視線を向けると、丸い円盤のようなものだった。しかし、細いチューブが、そこから伸びている。円盤が近づくと、その上にカップが二つのっているのが見えた。チューブのようなものは、円形のトレィを掴む手とつながっていた。

「コーヒーです」誰かが言った。どこから声が出ているのかわからないが、たぶん、そのトレィか、あるいは長いチューブの腕だろう。

トレィは、僕たちの前で停止する。チューブの腕も動かなくなった。そのまま支え続けるつもりらしい。

6

コーヒーを飲んだ。一口めは、香りだけが感じられた。二人分しかない。マガタ・シキは飲まないのだな、と思った。

この人物は、人間だろうか。生きているのか？

しかし、ロイディよりは人間らしい。話す言葉、表情や仕草にも、不自然さはまったくなかった。落ち着いていて、二百数十年生きてきたと納得してしまう不思議な貫禄《かんろく》があった。ただ、目の前に見えているものは、老婆ではない。青い目、長い黒髪、赤い唇、露出しているのは、顔と両手のみ、あとは白いドレスに包まれているが、長身で痩せている。若くはないけれど、年寄りにも見えない。絵画か彫刻のように、姿勢は均整が取れている。膝の上に置かれた手と指を、僕は見ていた。指輪などはない。ネックレスもブレスレットもない。ただ、頭上に細いリングをつけていて、光を反射するのか、ときどき輝いた。まるで王冠のようだ。ファッションは、古代の様式のように見える。博士というよりは女王に相応しい。

僕とロジが質問をすると、マガタ・シキは丁寧に答えてくれた。ここは、彼女の別荘のような場所で、チューブで来ることができる。だが、滅多に来ないという。チューブのトンネルを掘る装置は、彼女が考案したロボットで、施工会社は彼女の知合いだ、と話した。おそらく、知合いとは、信者という意味だろう。ニュークリアに情報局が入り、極秘でチューブの工事を行うときに、さらに深い場所、つまりこのマガタの別荘にも、チューブを通してもらった。ここから、中国やロシアへ行くことができるそうだ。ロジが、先日の拉致事件のことを尋ねると、災難でしたね、と返された。マガタは、私は関わっていない。この別荘がそれに使われたわけではない、と説明した。

「フスの幹部の一部が首謀者です」マガタは説明した。「情報局は、既につきとめているはず」

「フスが、何故、私たちを？」ロジがさらに尋ねた。

「血迷った、としかいえませんね」マガタは、肩を竦《すく》める。「フスは、近いうちに解散することになります。経営は破綻《はたん》している。そうですね、三十年くらいまえから、不正が行われるようになり、その不正を隠すために、さらに大きな不正を繰り返しました。内部では、三つのグループに分裂していて、そのうち二つが離脱して、別の会社を作ることになると思います。残った一つは、幹部が逃亡して、組織は消滅するしかありません」

「どうしてですか？　何が破綻したのですか？」僕がきいた。

「まずは、ウォーカロンの事業で需要が縮小したこと。莫大な費用をかけて開発した戦闘タイプのウォーカロンが売れなかった。世界は、人を殺し合う争いから卒業しました。ヴァーチャルが台頭したためです。そこで、次に資金を投入したのが、新細胞でした」

「先日、予約を受け付けるとアナウンスされました」僕は言った。「それでも、破綻しているのですか？」

「開発に社運をかけていたのです。研究は成功でした。でも、商品化の段階で、ある理由で頓挫《とんざ》することになりました。研究を進めていた人たちは、初めからそうなることを知っていたのですが、上からの圧力と、保身のために、研究を続けました。そのうえ、各グループの駆け引きに巻き込まれ、発売予告をしてから時間がかかりすぎ、結果として手遅れになった。それに気づいて焦った幹部が、あのような予約開始の発表をするに至りました。現在、世界が注目し、同時に疑いの目を向けています。まもなく、すべてが明らかになりましょう」

「あのぉ、もしかして、私たちが感染したウィルスに関係があることですか？」ロジが質問する。「関係があるから、あんな事件になったのですね？」

「そのとおりです。いずれにしても、無駄なことでした。拉致されたウィルス保有者は、解放されるはずです」

「よくわかりませんが……」僕は首を捻るしかなかった。

「数日のうちに、わかりますよ」マガタがそう言って頷いた。

彼女は、すべてを見通しているようだが、僕にはさっぱりわからない。しかし、数日でわかる、と言われると、それ以上尋ねるのも、無粋《ぶすい》というものか。

カップに手を伸ばし、コーヒーを飲む。二口めだろうか。

「不正の証拠がありますか？」ロジがきいた。

「匿名で、情報局へ伝えましょう」マガタは即答した。「今夜にも、強制捜索になると思います」

「フスへの強制捜索ですか？」僕は尋ねた。ロジを見た。「えっと、どこへ？」

「日本支社か、日本の研究所ですね？」ロジが答える。彼女は、マガタへ再び視線を戻す。

「日本以外の情報局へも、連絡します」マガタは言った。

「ありがとうございます」ロジが身を乗り出した。「何故、そこまで協力していただけるのですか？」

「無駄なエネルギィ損失が気になるだけです」マガタは、クッションにもたれ、脚を組んだ。「協力というほどではありません」

僕は、三口めのコーヒーを飲んだ。静かに深呼吸をしていた。落ち着かなければ、ここへ来たのは、フスの不正を暴《あば》くためではない。ロジが納得したためか、しばらく沈黙があった。今が話題を切り出すチャンスだ。

「あのぉ……」僕は、姿勢を正して、言おうとした。

「共通思考のことですね？」マガタがすぐに応じる。

「はい、そうです」僕は頷いた。「なにか、見せていただけるのか、それとも、お話ししていただけるものと期待して、ここへ参りました」

「まず、見せるような形のあるものではありません。設計図のようなものも、プログラムのようなものも、あるいはダイヤグラムのようなものも、示すことはできません。初期設定としてはあっても、長い期間を経《へ》て自己構築しますので、どのように育つのか観察し、ときどき修正する、これといった形はなく、もっと、雲のようにぼんやりとしたもので、水が流れるように、止まらず、混ざり合い、境界なく変化します。そのような進み方をする、思考の集合的、統合的な流動を、ちょうど、水面に手を入れるように、緩やかに制御するシステムです」

「大勢に夢を見させるのですか?」

マガタ・シキは、僕を見て、微笑んだ。言葉はしばらく出なかった。

「そのシステムには、参加するのではなく、システムが我々全員に参加するのだと考えました。各自が見る夢をイメージしたのです」僕は話した。「それが、物理的に可能になっていますね? ヴァーチャルのシステムなのか、あるいはトランスファの技術なのか、現在の電子世界の働きが、既にそれを実行しているのですね?」

「はい」マガタ・シキは頷いた。

僕の躰は震えた。寒気が全身を襲った。

ここへ、この返事を聞きに来たのだ。

そして、期待どおり、思ったとおりの返答だった。

確信していたものの、やはり、本人に確認するのが筋であるし、また、自分の中でも、自信が持てない僅かな迷いがあった。

それが、今、取り払われた。

「そうですか。ありがとうございます」僕は頭を下げた。「世界は変わりますね」

「変えなければなりません」マガタ・シキは言った。

「え、何故ですか？」

「私たち人類は、生きているからです」

「生きているから？」

「私たちは、何者でしょうか？　どこから来て、どこへ行くのでしょうか？」微笑みをたたえながら、彼女は話した。片手をそっと持ち上げ、指が流れる空気を摑む。「その答を、皆さん、あなたも、私も、考えて、問い、答える、一緒に、ずっと、いつまでも、そして、これが生きることなのだと、やっとわかるかもしれない。今まで、なにもかもが、わからなかった。今も、わからないことばかり。でも、考えている。そうでしょう？」

7

マガタ・シキとの会談は、十分ほどだった。

彼女は、次の約束があると言い残して立ち去った。コーヒーカップをのせたトレィを持っていたチューブの腕は、空間の闇の中へ引き込まれた。

それでも、僕はしばらく立ち上がれなかった。頭の中はフル回転していたけれど、放心状態と変わりはない。ロジが僕の片手に触れた。僕は彼女の顔を見て、頷いた。

ロジが立ち上がり、僕も立ち上がった。

円形の窪みからステップを上がっていくと、入ってきた通路が明るかったので、そちらへ、ロジと一緒に歩いた。

ロイディはもう姿を見せなかった。しかし、エレベータは僕たちを認識してドアを開けてくれたし、なにも指示しないのに上昇し始めた。到着した部屋では、分厚いハッチがゆっくりと開き始めていた。

こうして、僕たちは、アーカイブに無事に戻った。

「良かった。帰ってこられました」ロジが溜息をついた。

「そうだね」僕は生返事《なま》をしたようだ。

まだ、夢を見ているような気分だった。

ここがどこで、今が何時頃なのか、そういった把握を後回しにして、自分が考えるべきことが何か、と自問し続けていた。十数個の課題を思いつき、それに関するヒントを探していた。沢山の宿題をもらった子供のように、躰が重く感じられた。

アーカイブから出て、またエレベータに乗る。その後、誰にも会わずに、自室まで戻ることができた。

「クラリス、いる？」僕は、部屋に入るときいた。

「ここに」クラリスが答える。

「アーカイブの入口を開けた？」

「あのフロアには、私は入ることができません」

やっぱりそうか。あれは、マガタ博士のトランスファだったのだ。

「私があそこへ入ったことは記録されているかな？」僕はきいた。

「オーロラに尋ねてみます。返事が来ました。一切記録されていないそうです」

オーロラも、マガタ博士サイドなのだな、と理解できた。情報局の本拠地の地下に、マガタ博士の別荘があることを、オーロラは知っているのだ。それを黙っているのは、問題ではないか。きっと、ロジはそう指摘するだろう。僕は、まあ、どちらでも良いと思う。この問題は、忘れることにしよう。

「今、気づいたのですけれど」ロジが急に話した。上着を脱いで、ベッドに座っている。「ロイディって、あのエジプトで運ばれていたロボットなのでは？　見た目はだいぶ違いましたけれど」

「ああ、そうか、そうかもしれない。ということは、彼の中に、かつてミチルがいたんだね」

「修復されたのですね」ロジは頷いた。「ミチルやジュラのリアル体にも会いたかったなあ」

「チューブでは、何人も一緒に来られないからね。どこか遠くにいるのだろう。リアルだと、そこが不便なところだね」

「さてと……」ロジは両手を上げて、首を回す。体操をしているのかもしれない。「強制捜索に参加したいですね」

「いや、参加したくない」僕は首をふった。

「フスに関する通報があり、現在、強制捜索の部隊を編成中。まもなく出動になります」クラリスが報告した。

「私は呼ばれていない?」

「ロジさんは、病人です」クラリスが答える。「任務から外れています」

「病人じゃありません!」ロジが強い口調で言った。

「申し訳ありません。私におっしゃっても、どうすることもできません」

そのやり取りが可笑しかったので、笑いそうになった。しかし、顔に出さないように耐えながら、ロジを見ると、こちらを睨んでいた。以前から、この目力が凄いのだ。

「セリンを呼ぼう」ロジは通信の仕草。

「セリンとペネラピは、さきほど出動しました」クラリスが報告する。

「どこへ?」

「サッポロのフスの研究施設のようです。詳しい情報は発表されていません。さきほど、ジェット機が四機離陸しました」

「ああ、もう！」クッションを摑んで壁に投げつける。

「落ち着いて下さい、ロジさん」クラリスが優しく言った。

そのとおりだ、と僕も思ったけれど、言葉にするほど馬鹿《ばか》ではない。しかし、ロジは少し性格が変わったのではないか。僕の前で、そういった面を見せるようになった、と良い方に解釈しよう、と思う。

「不正行為の証拠を得るための強制捜索だよね。具体的に、どのような不正なのだろう？」僕は、ロジが冷静になれるように、真面目な話題を提示した。

「それはつまり……」ロジは答えようとして、視線を天井へ向けた。考えをまとめようとしているのか、言葉を選ぼうとしているのか。「新細胞の開発は、間違っていなかったという話でしたね。では、何でしょうか。どこかから、情報を盗んだ？　それとも、製品化を焦って、検証データを捏造した？　たぶん、そのあたりではないでしょうか？　先日の発表も、慌てている印象を受けました。製品出荷ではなく、予約の受付のアナウンスだけで、実際に出荷される日時さえ示されていない。多くの医療関係者が困惑したはずです」

「フスが解散する、と話していたね」僕は言った。「クラリスは、その点についてはなにか知っている？」

「オーロラに聞いてみます」一、二秒の間があった。「不正ではなく、経営の破綻が原因だそうです」クラリスは答えた。人工知能どうしの伝達は高速だ。瞬間的に情報を伝え、瞬時に理解する。「新細胞の開発の遅れによるものです」

「遅れといっても、どこか競合するメーカがあったようには見受けられない」僕は話し

た。「何に対して遅れたのかな?」

「そのうちわかるって、マガタ博士がおっしゃっていました」ロジが言う。「考えてもしかたがありませんよ」

珍しく投げやりなもの言いのロジを、僕は見た。彼女は、なにか通信を受けているようで、下を向いていた。

僕は立ち上がり、ドアの方へ歩く。

「ちょっと、シマモトと会ってくるよ」

ロジは返事をしなかった。通路を歩きながら、クラリスと話す。

「ロジは、誰かと話していた?」

「いいえ。通信は確認していません。なにか、考えごとをされていたのでは?」

「そう……、前線から外されたことがショックなのかもね」

「そういうものですか。私には理解ができません」

「うん、私にも理解できないよ」

「理解する努力は必要でしょう」クラリスは言った。アドバイスのつもりか。

「マガタ博士が送り込んだトランスファが、私をアーカイブへ入れてくれた。どうやっ

て、あのエリアに入れたと思う？」

「鍵を持っている可能性が最も高いと演算されます」

「それ以外に、どんな可能性がある？」

「アーカイブのシステムの内部に、初期から含まれていた。つまり、トロジャン・ホースである可能性が十パーセントほどです」

「ああ、そうか。あのシステムに仕込まれていたわけか。それは大いにありそうな話だね」

「そうしますと、アーカイブの情報は、マガタ・シキ博士には筒抜けということになります」

「たぶん、世界中の機密データが筒抜けなんだと思う。ウォーカロン・メーカの内情も、お見通しなのは、ずっと以前から、システムに仕込まれたものが働いているということだね」

「そういったものが悪用されていないのは、管理がしっかりしているからでしょうか？」

「人間のスタッフを大勢使っていると、どこかから必ず漏れる。人間は、そもそも脆弱《ぜいじゃく》なパーツだから。それに比べると、人工知能は裏切らない」

「どうしてでしょうか？」

「わからないけれど、つまり、ボディがないという違いから生じる差異なのかな」

「しかし、人間もヴァーチャルへシフトすれば、リアルのボディを持たなくなります」

「人間は、ヴァーチャルでも私利私欲を捨て切れないから、その欲望が弱みを生み出す可能性がある。自分の未来の不利益を見逃す精神構造の弱点が、主な原因だと思う」

「楽観的だ、という指摘ですね？」

「そういうこと」

8

シマモトの部屋はドアが開いたままで、通路から、デスクに向かう彼の姿が見えた。開いたドアをノックすると、こちらを振り返った。

「何だ？」ぶっきらぼうにきいた。

「忙しい？」僕もきいた。

「なにか、飲むか？　コーヒー？」彼は立ち上がった。そちらにコーヒーメーカがあった。

「内緒だけれど、ジュラ王子にヴァーチャルで会ったよ」僕は話した。親友なので、先日の情報提供のお返しに、これくらいは伝えても良いだろう、と思ったからだ。

シマモトは、しばらく黙っていた。聞こえたはずだし、内容も理解しただろう。カップにコーヒーを注ぐ作業に集中しているようだ。こちらを振り向くこともなかった。

　カップを両手に持ち、僕の方へ戻ってきた。僕は既にソファに腰掛けている。カップを受け取り、礼を言った。彼は、キャスタ付きの椅子を近くへ引き寄せてから座り、まず淹れたてのコーヒーを啜《すす》った。

「ヴァーチャルだったら、なんだってできるだろう」シマモトは言った。

「もちろん、そうだ。でも、そのジュラを連れてきたのは、マガタ・シキ」

「ヴァーチャルで、ドクタ・マガタに会ったのか？　本物だという証拠は？」

「ないわけではない。ただ、今は言えない」

「王子は蘇生していた。だから、意識を取り戻しても、もちろん不思議ではない。その可能性はわりと高いと考えていた。躰の機能よりも脳の機能の方が複雑で、復帰するのに時間がかかることは予測されていた」

「ジュラ王子は、マガタ博士の子孫なの？」僕はきいた。「それを示すデータがある？」

「ないね」シマモトは首をふる。「王子のＤＮＡはある。でも、ドクタ・マガタのデータがないだろう？」

「そうかな……。百年くらいまえに、サエバ・ミチルという人物がキョートで殺されている。データが残されているのでは？」

「知っているよ。あれは、クジなんとかという女性のボディだった。脳だけが、そのサエバという男性のものだったらしいが、首が切られて行方不明になった」

「そのサエバ・ミチルは、それ以前に、関東で殺人事件に巻き込まれた。一緒にいた女性がクジ・アキラ。そちらの事件の記録を調べたら、遺伝子情報があるはず」

「そんな大事なことなら、誰かが調べているだろう。だったら、今頃、ここへ情報が届いている」

「たぶん、人工知能が伝えるのを躊躇《ちゅうちょ》しているんだろう」僕は言った。

「躊躇？　人工知能が？」

「躊躇でなければ、制限している」

クラリスがなにか囁くかと思ったけれど、彼女は無言だった。オーロラはおそらく、すべてを把握しているだろう。アミラも知っている。これらの情報は消極的に隠蔽《いんぺい》されている。マガタ・シキに関するデータを公開しない方針が、電子界に存在するのではないか、と僕は考えていた。

「とにかく、知りたかったら、自分で調べること」僕は、親友にアドバイスした。

「ジュラ王子が、ドクタ・マガタの子孫だとしたら、ナクチュの王家もそうなる」シマモトが言った。「カンマパもそうなる」

「そういうことになるね。そうだ、カンマパは、ウィルス検査を受けた？」

「受けたよ。結果は陽性だった」彼は、間を置くことなく答えた。「ほかにも、ナクチュの区民の検査結果が届いている。ほとんどが陽性だ。実に八十パーセント以上」

「少し、謎《なぞ》が解けてきたね」

「何の謎だ？」

「ロジは、あそこで感染したんだ」

「だとしたら、もの凄く長い潜伏期間になる。いや、まだ発症していないのか」

「ナクチュの人たちは、発症しない？　それとも、子供のときに発症しているのだろうか？　症状が軽く、気がつかない程度なのかな」

「アレルギィに対する耐性に似ているかもしれない。もしかして、親から遺伝するのかな？」

「ロジのお母さんは陰性だった」

「お父さんは？」

「いや……、それは知らない」

「お前、ウィルス調査委員会の委員長だろう？　局長から直々に知らせが来たぞ」

「まだ、活動していない。委員会じゃない。グループ？　いや、部署だと聞いたかな」

「大丈夫か？　いつから活動するんだよ？　俺のほかに誰がメンバなんだよ？」

「いや、まだなにも決めていない。いろいろあってね」

「はぁ、頼りないなあ……」

「意外とスロースターターなんでね」

「意外じゃない。知っているよ」

「あとは、オーロラと、えっと、ロジをメンバにしようか」

「身内だな」

「ロジのお母さんも順当なところだ。彼女はその筋の専門家だ」

「もっと専門家を呼んだ方が良い。なんなら、候補者のリストを作ろうか？」

「ああ、ありがたい。さすが親友。頼むよ」

「しかしなぁ、当のウィルスに感染している本人が委員長って、どうなんだ？　あんまりないだろう、そういうのって」

「わからない。こちらから申し出たり、立候補したわけじゃないからね」

「あ、そうだ、思い出した」シマモトが急に真剣な表情になる。「アメリカの研究者が、このウィルスについて論文を発表した。早いのな、やることが。体内に長く留まるタイプで、活動は極めてゆっくりだといっている」

「それで、どんな活動をするのかな？」

「動物実験なども行っているみたいで、続報を待ちたいところだが、予測されているものとしては、新陳代謝の阻止指令に関与している可能性があるそうだ」

「つまり、どういうことなんだ？」

「現在の人工細胞では、この代謝阻止指令を三段階くらいにわたってバックアップしているんだけれど、その三段階めに働きかける」

「だから、結果としてどうなるの？」

「わからない」シマモトは首をふった。「確率的なものだ。ただ、長く持続した場合には、それがじわじわと現れてくるってことかな」

「何が現れてくる？」

「だから、細胞の死だよ。組織を新しく保《たも》つためには、細胞が死んで、新たな細胞が生まれないといけない。これが新陳代謝だ。このメカニズムは、意外と複雑でね。信号のやり取りをしつつ、バランスを取りながら、適度に進行するような仕組みになっている。このバランスを取るために、阻止指令の信号も出るわけだ。この信号が出ると、細胞が死なないで、劣化する。死なないから、新しい細胞が育たない。交代できないわけだ」

「つまり、どうなるんだ？」

「そのままになる。新しくならない」

「それは、不都合だね」

「まあ、不都合だね。だが、あまり早く死にすぎても困る。安定しない。癌《がん》細胞が入り込むチャンスを与えるようなものだ。だから、阻止指令がそのタイミングを見計らっているんだな。生きものっていうのは、死ぬか生きるかで綱渡りしているような存在なんだよ」

「よくわからない。だから、具体的にどんな症状が現れる？」

「それは、急には現れない。そうだね、だんだん生育、あるいは成長する、違うな、劣化しても生きている細胞が多くなるってことだから。まあ、ようするに、早い話が、老化だ」

「老化？　歳を取るってこと？」

「そう。その可能性が高い、というだけだぞ。必ずそうなるわけではない。そのリスクが少し高くなる可能性がある、と指摘されている。だが、実験結果が充分に揃っている段階ではなく、観察された兆候からの単なる予測だ。現在データを取りまとめているらしい」

「歳を取るっていうのは、むしろ自然なのでは？」

「ああ、そうそう、そのとおり、自然といえば自然だ。しかしね、その自然に抵抗してきたのが、現在の医療技術だともいえる。あらゆる疾患は自然現象だ。病気になり、衰弱し、死に至るのが自然だ。これを防止するために、医療という科学がある。いわば不自然な状況を作り出しているわけ。なにしろ、人類がほぼ全員それを望んでいるんだから、しかたがないってこと」

　この仮説は、筋が通っているな、と直感した。たとえば、ナクチュ特区の人たちは、人工細胞などを体内に取り入れないため、寿命が短い。せいぜい百年ほどしか生きられない。彼らは、しかしそれが自然だと考えている。ロジは、ナクチュでウィルスに感染した可能性がある。その話をしたばかりだ。

シマモトから聞いた話は、しばらくロジには黙っていよう、と考えた。僕たちは、老化する病気にかかった、などと簡単には言えない。少なからず、ショッキングだ。たった一編の論文で、その仮説が示されただけで、単なる推論の域を出ない。実験データが出揃い、確定的な結論が出てからでも遅くはないだろう。

僕はといえば、それほど大きなショックは感じなかった。僕は、もう長く生きている。以前からそう感じていた。ただ例外的な部分がある、ロジと知り合ったことだ。彼女は僕より何十年も少ない人生しか経験していない。彼女はまだ若い。だから、ロジにはショッキングな推論だろう、と想像できた。

また、ウィルスの影響で老化するなら、僕がまず死ぬことになるはずだ。この現実は、僕にはそれほどでもないけれど、ロジには大問題かもしれない。

その意味でも、今すぐには話せない。確かではないし、説明のし方もよくわからない。少し時間をかけて考えよう、と思った。

9

世界一のウォーカロン・メーカであるフスに対する強制捜索は、日本だけではなく、関連の各国でほぼ同時に行われた。当然、この衝撃的なニュースが世界を駆け巡った。アメリカ、カナダ、中国、インド、フランス、ドイツ、南アフリカ、そして日本で、支社や研究所、あるいは工場へ一斉に調査のメスが入った。公安、警察、情報局、さらに軍隊が出動した国もあった。フスは、戦闘用のウォーカロンをはじめ、大型ロボットなども製造しているため、突然の捜索に対して、なんらかの抵抗を示す可能性があると予測されたからである。

だが、フスの反応はいたって冷静なものだった。本社の広報が、捜査には協力を惜しまない、と発表したこともある。また、内部からの告発が相次ぎ、マスコミがそれらを報じる事態となった。

告発は、新細胞・新臓器はまちがいなく開発されていたが、製品化には至っていない、というのが主な趣旨であり、その原因は製造過程に大きな問題が生じたためだった。しかも、その問題の多くは、内部の研究者たちの反発に起因する人為的なものだった、と伝えられた。上層部が製品化を急ぐことに対して、反対の立場の内部勢力が優勢となっていたらしい。

そのような状況で、新細胞の予約を開始したことは、上層部の最終選択といえる。マスコミがフス本社、あるいは各国の支社に押し寄せるなか、社の主導的立場の人間は、現在のところ、姿を見せていない。数日まえから行方がわからない幹部もいる、との報道もあった。

このスキャンダルで、フスの株価は急落し、世界経済にもダメージを与えることになる、と分析されている。新細胞の部門は切り離され、ウォーカロン生産の部門が独立し、新しい会社を立ち上げることになるか、あるいは、ドイツのウォーカロン・メーカが部分的な統合を申し出るのではないか、など、今後の予測まで取《と》り沙汰《ざた》されている。

僕は、興味がなかった。ただ、フスの研究所には、何人か親しい人物がいる。今のところ、誰からも連絡はない。こちらから、どうなのかと尋ねるのも失礼だろう、と自重している。

フスだけではない。ウォーカロン・メーカの業界が、関連の下請け企業を含め、大きな影響を受けるだろう。

端的にいえば、ウォーカロン・メーカは大きくなりすぎた。永遠に需要があるわけではない。生産されたウォーカロンは、ほとんど人間と同じように生きている。人間の数は減っているが、機械化、自動化が行き届いている現代社会で、労働力が不足しているとは思えない。戦闘用に開発された個体も、警察や軍隊に行き渡ったものの、戦争自体が現在の世界情勢では起こらない。物理的に破壊し合うような争いから、人類は脱却したといえるからだ。

すべてが、電子的に実現され、あらゆる生産行為が電子社会の中で行われようとしている。このパラダイムシフトに、ウォーカロン・メーカは乗り遅れたといっても良いだろう。逆にいえば、物理的生産を行う最後の拠点だったといえる。

情報局からのプレッシャを感じ、僕はシマモトからもらったリストのメンバを招集した。といっても、実際に集まったわけではない。もちろん、ヴァーチャルでの会合である。初回会議は、時間の半分を各自の自己紹介で消費した。

未知のウィルスが発見されたことで、まずはその資料を作成することで意見が一致した。次回は二週間後と決まり、それまでに各自が入手できる資料を整理しておくこと、またウィルスの名称の候補を考えてくること、が宿題となった。

最初は、こんなものである。簡単な議事録は、局長宛《あて》に送信しておいた。これで、給料がもらえるのだから、わりと良いバイトかもしれないな、と少し思った。あくまでも、少しである。

そう、この委員会で、スズコに会った。彼女は、シマモトのリストでも推薦された委員だった。会議のあと、二人だけで五分ほど話をすることができた。

「あの子に、キョートへ来るように伝えて下さい。私が連絡しても無視されるので、グアトさんにお願いしたいと思いました」

「ヴァーチャルで会うのも拒絶しているのですか?」僕はきいた。親子の関係が円満とはいえないことは、うすうす理解している。

「会って話をするために、来いといっているのではありません。彼女の体調を心配しています。できれば、こちらで改めて入院させたいと考えております」

「そうなんですか……。私には普通に見えますが」

「それは、そう振る舞っているだけです。信じないでください。そういう余計な意地を張る子なんです。子供のときからです」

どんな子供だったのだろう。まあ、簡単に想像できる気がした。

「アレルギィの関係で、心配をしています。ウィルスがそちらへ作用する可能性があります。早めに対処をした方が良いかと」

「そうですか。わかりました」

実は、ウィルスの委員会の委員として、ロジも参加している。僕の助手として、議事録を作成したり、会合の運営面での仕事を期待していた。だが、初日の朝、体調がすぐれないので欠席する、とメッセージで伝えてきた。朝起きて、コーヒーを一緒に飲んだときには一言もそんな話はしなかったのにである。

きっと、母親と顔を合わすのが嫌なのだろう、と僕は解釈した。ロジを委員に誘ったことを少々後悔しながら、自分で議事録を書いた。クラリスに書かせれば良かったかもしれないが、最初くらいは委員長が書いて、次からの規範となるように、と思った。今は、暇な人間なので、こういった余裕があるのだな、と自己分析したくらいである。

自室に戻ると、ロジがベッドで横になっていた。シーツを被っていない。

「どう？　具合は」僕は尋ねた。

「大丈夫です」ロジは答えたが、声が弱々しい。かなり悪そうに見えた。

彼女の近くに座り、額に触れた。

「熱はないね」僕は言った。

「平熱です」

「お母さんが、キョートに来るようにって、言っていた」

「そうですか」

「伝えたよ」

「はい」

「たまには、素直に従った方が良いかもしれない。親孝行だと思って」

「わかりました」

「え？　行く？」

「はい」

「あ、そう……」拍子抜けした。

自分のベッドで横になり、端末でしばらく仕事をした。といっても、連絡である。新しいニュースも幾つか見た。

ロジは、バスルームへ行ったままだ。

老化の話をした方が良いかな、と思い出した。

隠しごとはストレスになる。なんでもすぐに伝えた方が、あとあと悪い事態を避けられる。横を向いてモニタを見ていたら、ロジが戻ってきたようだった。

「あの、行ってきます」彼女が言った。

「え？　どこへ？」僕は振り返った。

ロジは着替えていて、バッグを持っている。そのバッグは、いつも銃器を入れているものだ。思わず、バッグの中身が気になった。

「キョートへ」ロジは普通の表情である。

「ああ、そんなにすぐ？　明日でも良いのでは？」

「いえ、母にも連絡しました。チューブの予約も取りました」

「そう……。一人で？　一緒に行こうか？」

「大丈夫です」彼女は頷いた。

ドアのところへ行き、立ち止まって、こちらを振り返った。

「あのぉ」

「何？」

「今朝のこと、申し訳ありませんでした。初日なのに欠席してしまいました」

「ああ、全然かまわない。えっと、二十人中、参加したのは十四人だった」

「そうですか。次は出ます」

「入院するんじゃないの？」

「二週間もかかりません」

僕は頷いた。ロジは軽く頭を下げてから、ドアを開けて出ていった。

その後、一人で食堂へ行き、夕食をとった。また、カレーにした。どうも、一人で食事をするときは、スプーン一つで、しかも順番なども考えず、シンプルな動作ですべてを食べられるものが良い、と思っているようだ。燃料補給として効率が良い。

ロジが一緒の場合は、会話があるから、飲みものも必要だし、少しずつ食べられるものが適している。一人のときと二人のときでは、食べるものも、食べる方法も、違いがある。つまり、時間の消費のし方が違ってくる、ということだろう。

一緒に暮らすようになって、それまで体験したことのない場面に遭遇し、それまで考えたこともなかった他者の気持ちを察するようになった。ようやくこの歳になって学習した、といえるだろう。

一人の方が良いこともあるし、二人の方が良いこともある。どちらかを選択すると、もう片方は選択できない。自分は一人なので、分裂して二つのシチュエーションを体験できない。もしもヴァーチャルだったら、これが可能だ。

それも便利かもしれない。でも、選ばなければならない。つまり、一つに決めて選択することで生まれる価値も、たぶんあるだろう。そんな気がする。

自室に戻ると、スズコからメッセージが届いていた。感謝を伝える言葉だった。ロジは無事にキョートに着き、検査を受けている。数日は入院となる予定だ、とのことだった。

10

僕一人で、ドイツに戻ることになった。

ニュークリアでは手持ち無沙汰だし、例の委員会、もとい新ウィルス部署の会合は、結局ヴァーチャルでしか活動しないので、どこにいても同じなのだ。最大の理由は、宿泊室の居心地が悪すぎること。ドイツでなら、窓があって、風が入ってくる。散歩もできる。昼と夜の違いがある。ロジが入院して一人になったので、よけいに自宅へ戻りたくなってしまったのだ。

僕よりも四日遅れて、ロジもドイツへ戻ってきた。結局、キョートで入院していたのは五日間だけだった。その間に、スズコが独自の治療を続け、体調が戻ったとのことだった。やはり、アレルギィに類する症状だった、とロジは説明した。ウィルス感染で何度も検査を繰り返し、いくつかの薬も試された。それらのうちのどれかが原因だろうか、と僕は想像した。

ロジが元気になったことは一目瞭然《いちもくりょうぜん》で、日本にいたときとは別人のように、表情が明るくなった。帰宅すると、むかいの家を訪れ、日本の土産を持っていったようだ。そういうことをする人だったのだ、と感心した。もしかしたら、スズコが持たせたものかもしれない。いずれにしても、素直なことは悪い状況ではないだろう。

僕は、すぐに楽器を作り始めた。情報局から依頼されている仕事は、片手間で可能なほど簡単だ。委員に指示をし、取りまとめる役だが、調整が必要な事態にはならない。全員がお互いにほとんど面識がないので、揉《も》めごとが起こらないからだ。これは、シマモトの作戦による成果である。

フス関連のニュースは、連日報じられているが、もう目新しいことは少なくなった。行方不明の幹部のうち何人かが見つかっている。会社の今後については、国家間の駆け引きもあり、簡単には進まない様子だ。規模が大きすぎるし、また、分裂するにも、その組せが多すぎるらしい。議論をするだけでも一年以上はかかるだろう、と予測されている。それまでは、いちおう会社としては現状のまま存続し、他社から出向いた臨時のチームによって運営される。経営陣はほとんど交代となることは必至だ。

フスの社運を賭けた開発事業が頓挫した理由も、しだいに明らかになってきた。シマモトは興奮して、「やっぱり、そうだったんだ！」というメッセージを送ってきたが、彼の説明を聞いても、いつものとおり、僕にはよくわからなかった。

仕事場で、木を削りながら思い浮かべることは、マガタ・シキから聞いた共通思考に関する言葉だった。想像していたこと、きっとこうなんだろうと予想していたことが、ほぼ正しかった。創造者である本人の口から直接聞けたので、感慨もひとしおといえる。自分の人生においても、一番の体験ではなかったか、と思う。ニュークリアの地下深くで、それを聞いたのだ。なんという巡り合わせだろうか。

ただ、一つだけ、心の中で燻っているものがあった。

もちろん、ウィルスの影響に関する仮説だ。ロジにはまだ話していなかった。彼女に内緒にしていることが、ずっと気になっていた。なにか、影がだんだん大きくなるようなイメージで、いつか闇に飲み込まれるのではないか、という不安が立ち上がる。

シマモトから聞いた話では、その仮説を後押しするようなデータが出始めているらしい。逆に、それを否定する研究は、今のところ発表されていない。そもそも原理からして、それなりの妥当性を有している、ということらしい。シマモトは、「たぶん、正しいだろう」と話している。

クラリスも、それに関する研究結果を調べ、確率的に七十五パーセントだと演算した。アミラも、ほぼ同じ数字を出しているらしい。オーロラに尋ねたが、彼女は答えなかった。「ノーコメントです」と言った。僕たちに気遣《きづか》っているようだ。

もう、ロジに話さなければならないだろう、と朝起きると思いつくのに、機会がないまま夜になってしまう。彼女が元気で、楽しそうに生活している姿を見るほど、「君はこれから歳をとるんだよ」とは言いにくい。自然なことだとか、僕も一緒だとか、フォローする言葉は思いつくものの、どうしても言い出せない。

こうして、また数日が過ぎた。二回めの委員会には、ロジと一緒に参加した。約二時間の会議で、各委員から報告があった。例の老化に関する論文もリストに挙がっていたものの、「新陳代謝阻止指令に関する実験研究」とあっただけで、その具体的な内容についての説明はなされなかった。当該ウィルスについては、かなり重要な仮説といえるものだ、という意見が述べられた程度で、議論にはならなかった。

むしろ、ここで話題になってくれれば、と僕は考えていたけれど、委員の人たちは、僕やロジが感染していることを知っている。だから、あえて話題を避けたのかもしれない。あとになって、そう思い至った。議事録を作成したロジは、おそらく気づいていないだろう。

その翌日は、ロジがドライブに行きたいと言い、もちろん賛成した。朝からサンドイッチを作り、彼女のクルマで出発した。液体燃料を用いるクラシックカーである。エンジン音を唸らせながら、丘を抜ける道路を走った。近くに街はないので、クルマに出会うことも稀《まれ》である。緑の丘陵地のあとは、湖が見える田舎町に出た。そのあとは、絶壁の上を走る真っ直ぐの道路で、左にはしばらく湖面が見えていた。

出発してから二時間。まだ十一時だったけれど、ちょうどクルマを駐められる場所があった。突き出した岬のような場所で、前も左右も下方に平原が広がっていた。

「気持ちいいですね」ロジが両手を左右に真っ直ぐ伸ばして言った。

「草の香りが、あまりないのは、どうしてかな」僕は言った。

「ここまで上がってこないのでは？」

「香りの粒子が？　そうかなぁ。まあ、そうかもしれない」

「お弁当を食べましょう」

ロジの提案に賛成し、クルマのすぐ近くでシートを敷き、バスケットを開けた。飲みものはホットコーヒーだ。まだ充分に温かかった。

サンドイッチを食べ、コーヒーを飲んだ。空は珍しく青い。眼下の草原は緑と黄色。ところどころ小さな白と黒の点が動いていて、羊か牛か、本物か、それともロボットの家畜だろう。

「あのぉ、お話ししたいことがあります」ロジが言った。

「あ、えっと、実は、私もなんだ。日本でいろいろあって、このところ忙しくて……、ほら、お互いにね、ちょっとギクシャクしていた」

「はい」ロジは頷いた。「私、その、体調のこともあって、情緒不安定だったかと思います。反省しています。しっかりしないと、と気持ちを新たにしました」

「そう？　情緒不安定だった？　うーん、そんなふうには……。まあ、前代未聞のウィルスに感染したのだから、それくらいのことはあるよ」

「いえ、そうじゃなくて……」

「あのね。実は、シマモトから聞いた。いや、違うな。昨日の会議でも出ていた、その、えっと、新陳代謝の阻止指令っていうのの仮説なんだけれど、それによると……」

「歳をとる」ロジが言った。

「え？　あれ？　知っていたの？」

「ええ、だいぶまえから」

「いつから？」

「うーん、母に会ったときに聞きました。その可能性が高いって」

「あ、ああ、そう……、知っていたのかぁ」

「それが、言いたかったことですか？」ロジがくすっと笑った。珍しい表情だ。

「いや、可笑しくはないよ。ショックじゃない？」

「いいえ。全然。だって、グアトも同じなんですから」

「まあ、それは、そうかな。私も、全然気にしていない。もともと年寄りだから」

「そんなこと言わないの」ロジの目が強くなる。

「そうか。ああ、なんだぁ……。ふうん、で、君が言いたいことは？」

「子供ができました」

「あ、そう……」僕は頷いた。頷いてから、言葉の意味を反芻した。「何の子供？」

「私の子供です」

僕は言葉が出なかった。

息を十秒くらい止めていただろう。

それから、呼吸を再開し、次に頭の中で、花火が光ったような気がした。

「子供が、できた？」僕はきいた。

そして、ロジの躰を見た。

胸から下へ、視線を移す。特に変わった様子はない。

「どういうこと？　子供ができたら、お腹《なか》が膨《ふく》らむって聞いているけれど、う〜ん、そういう症状は、まだこれからってこと？」

「症状っていうのは、失言ですよ」

「あ、ごめん。そうか、えっと……。いつわかったの？」

「う〜んと、三カ月ちょっとまえですね」

「え？　じゃあ、日本に行くまえだ。ああ、ドイツで検査を受けたとき？」

「そうです」ロジは笑顔のまま頷いた。「びっくりしましたか？」

「びっくりしたよ。えっと、それで……」僕はもう一度、ロジのお腹を見た。「いつ生まれるの？」

「あ、そうじゃありません。もう生まれました」

「えぇ？ だって……」驚きを通り越して、認識能力が崩壊した。何を言っているのか、よくわからない。なにかの比喩《ひゆ》なのか、それともジョークなのか？

「日本で産みました。会いに行きますか？」

「ヴァーチャルで？」

「リアルでです」

「よくわからないんだけれど……」

「何がわからないのですか？」

「私が父親だよね？」

ロジは、表情を変えた。

「あのぉ、それは、ちょっといけないジョークだと思いますけれど」

「いや、だって、単なる確認というか……」

「信じられない」ロジが大声を上げた。

「誤解だ。いや、違う。失敗した」

「何が失敗なんですか？ 嬉しくないんですか？」

「ああ、いや、まだ、その、そういったところまで、理解が進んでいないというか……」

エピローグ

人間が誕生する現象について、僕はほとんど知らなかった、といえる。

もちろん、最初は一つの細胞で、それが分裂し、二倍、二倍と増えていくから、十回の分裂で、およそ一千倍になって、さらに十回で百万倍になる、というようなイメージは持っていた。けれども、その細胞群がいつから人間になるのか、どのように変化していくのかは、子供の頃に図鑑で見た記憶しかない。

ウォーカロンが作られる工程として、このようないわゆる胎児の成長を連想することはあっても、人間の子供が生まれることは、ずいぶん遠い世界の夢物語でしかなかったのだ。

それに加えて、自分の子供である、という感覚が、実体験を経てもよく理解できなかった。母体であれば、自分の躰の一部から生じるのだから、少しは実体験という言葉が相応しく感じられるだろう。否、これも想像である。

いずれにしても、本来は十カ月ほど母体で成長する胎児であるが、現代の医療では、もっと早く摘出し、母体よりも安全に育てる方法があるらしい。こういった技術が確立しているからこそ、ウォーカロンが生産されているのだ、と今さらながら認識したが、こんなことはロジの前では言葉にできないことも、同時に気づいた。

日本にいる我が子には、まだリアルで会いにいっていない。なにしろ、あと数カ月は、羊水カプセルの中なので、見るだけで触れることもできない。ヴァーチャルで毎日確認しているけれど、正直なところ、まだ実感は湧《わ》かない。このままだったらどうしよう、と不安になるほどだ。

まだ目を開けていないその子は、未来の夢を見ているのだろうか。そんな想像をしてしまう。

僕たちが感染したウィルスは、実は人類のほとんどがかつて持っていたものだった。だから、ナクチュの人々は陽性率が高かったのだ。人工的に作られたピュアで綺麗な細胞を体内に取り入れることで、多くの疾患から逃れることに成功した。しかし、同時に、このピュアさが、そのウィルスを死滅させたのである。そして、その影響が、生殖不能に現れ、子供が生まれない問題を引き起こした。

ウィルスに感染しても、それが体内の細胞に行き渡るのに数年かかる。これがいわゆる潜伏期の長さとなる。同時に、新細胞のピュアさによってウィルスが排除されるのにも、それ以上の時間が必要だった。この原因から結果への連鎖の遅さが、メカニズムの発見を困難なものにした。同様に、この性状を科学的、実験的に究明することにも時間がかかり、研究の進展を阻《はば》む要因となっていた。

それでも、地道な研究が進み、これらのメカニズムが解明されるにしたがい、ウィルスの有無を検出する方法も洗練された。ロジの母スズコが、この検出手法の開発に関わっていたのも、ロジの感染が見つかった理由だった。

つまり、スズコもロジも、最初からこのウィルスを保有することの意味を知っていたのだ。それは、人類が本来持っていたものを発現する。逆に、このウィルスが死滅した環境が、子供が生まれず、老化が進まない現代社会だった。生物として歪《ひず》んだ生態となっていたことは、指摘するまでもないだろう。

フスの研究チームは、ナクチュの区民たちの細胞から、生殖不能が発現しない新細胞を抽出し、そこから新臓器を培養することに成功した。これらの細胞は、体内の一部に置換されることで、躰全体の細胞が刷新される効果がある、との実験結果を得た。

このとき、彼らはウィルスの存在には気づいていなかった。新細胞自体になんらかの働きがある、と考えた。

ただ、新細胞の効果が現れるのは、小動物による実験においてのみで、人間での検証実験では、期待した効果が現れなかった。これが、新細胞が発見され、その効用が発表されたあと、生産や発売が遅れた理由だった。まず、それは、このウィルスの潜伏期間の長さによるものであり、人間のサイズでは、結果が現れるのに何年もかかるためだった。ウィルスが直接作用するのではない。ウィルスが特定の型のタンパク質に働きかけ、この作用が何段階にも連鎖する。時間がかかるのは、このためだ。また、多くの研究者が、この連鎖過程の一部に注目し、それぞれが違った仮説を構築したことも、全体のメカニズムの発見を遅らせた。

他に例を見ない複雑で、複合的なその連鎖プロセスは、まるで太古の原始生命から、現在の複雑な生物が進化してきた過程そのものである、と著名な生物学者が述べたが、この印象的な発言は、比喩的なものなのか、それとも実質を突いているのか、僕にはわからなかった。

だが、一旦ウィルスが起源だと発見されれば、その応用は非常にシンプルなものになる。すなわち、感染すれば、いずれはそれが躰全体に行き渡る。それで、生殖不能は解決するのだ。同時に、老化も進むといわれているが、これは人工臓器による治療で、容易に解決する問題といえる。子供が欲しい世代は、ウィルスに感染すれば良い。その後、ピュアな細胞や臓器を入れて、長寿を実現できる。

フスが発売しようとしていた新細胞・新臓器は、無意味なものとなった。フスの研究者はそれに気づいていた。だが、経営陣は、世界が気づかないうちに売り出せばビジネスになる、と強行した。

世界に気づかせないためには、ウィルス保有者を確保することが必要だったのだろう。隠しおおせるものとは思えないが、それほど余裕がなく逃げ場のない状況に追い込まれていた。あるいは、自分たちが姿を消す時間を稼ぎたかったのかもしれない。このあたりは、経営陣が人間だった、ということを示している。人工知能であれば、ここまで悪手を打つとは思えない。もっと以前に、なんらかの方針転換をしていたはずだ。人間は、とにかく自分のやり方に拘り、自分の立場に固執する。このしつこさによって、適切な判断がワンテンポ遅れる、ということか。

近いうちに、このウィルスを接種するような治療が、広まるだろう。そして、人類はまた、子孫を産み、育てることができるようになる。人口が増加するには何十年もかかるかもしれないが、現在よりは悪くない未来であることはまちがいない。

一カ月もすると、この騒動は落ち着いてきた。フス関連のニュースも減少し、今いったいどうなっているのか、と思い出すくらいになった。

新ウィルスに関する知見は、まだ広く伝わっているわけではない。世間が知ったのは、フスの新細胞は研究成果の捏造であり、予約受付などは詐欺《さぎ》行為に相当するものだった、というだけである。

この新ウィルスに関する情報が集まってくる部署のトップに据えられた僕には、日々膨大な数の報告が押し寄せる。しかし、それらをクラリスに分類させ、そっくりスタッフに流している。楽な立場である。シマモトは忙しそうだし、スズコもますます若返ったように見える。

ロジは、子供をどう育てようか、とのプランについて、僕と議論したがっている。聞き流しているわけではないけれど、ほぼ彼女の思ったとおりにすれば良い、というのが僕の基本方針だ。順調に成長しているので、あと少しで、この手に抱くことができ、そのうち、自宅へ迎えることにもなるだろう。育児のためにロボットをレンタルすれば良い、と提案したかったが、これも思いとどまった。何事も、思いついたことをすぐに言葉にしない方が賢明だ。それくらいは、学んでいるのだ。

一つだけ、まだ僕を悩ませていることがある。

このウィルスは、人間に夢を見させる機能があるのだろうか。

そのような研究発表は、いまのところない。ロジにこの点をやんわりと尋ねてみた。

「なんか、最近、夢をよく見るようになったんだけれど、君はどう?」

「夢? 何の話ですか?」

「いや、夢、見ない?」

「見ますけど」

「最近の傾向として」

「ああ……、そうですね。やっぱり、子供が大きくなったときの夢を見ます」

「なるほど」

どうも、話が核心に近づかない。

散歩に出掛けて、クラリスと会話した。

「トランスファは、夢を見る？」

「夢というものが、私にはわかりません」

「うん。でも、人工知能もそのうち夢を見るようになるんじゃないかな」

「現実ではない事象の可能性に対する単なる演算です」

「そうだ、夢を見るようなウィルスは作れるかな？」

「演算機能になんらかの障害を与えるという意味でしたら、ごく一般的なウィルスが相当します」

「う一ん、そうじゃなくて、意味のない物語を思い浮かべるような、あるいは、自分が別人になったような体験をする、そんな感じ」

「その意味のない、とは、誰にとっての意味ですか？　自身にとって意味のないものは、無数にあります。意味があるかないかは、予測、あるいは他の事象とのリンクで生じるものです」

「子供が生まれても、私は今ひとつ実感がない。それに関して夢も見ない」

「まだ、意味が生じていない、とおっしゃっているのでしょうか？」

「うーん、いや、わからない。子供ができても、いずれ大人になって、個人というか、まあ、友人みたいなものになるのかな。それまでの過渡期が、子供だね」

「理解できます」

「あまり、その子の未来というものを、考えられないんだ」

「予測が難しい、という意味ですか？」

「そうじゃない。予測したくない感情があるんだね」

「理解できません」

「自分でも理解できないよ」

「すべてが理解できるというわけではありません」

「そうだね、良い助言だ。子供が生まれたことについて、君はどう思った？」

「おめでとうございます、と言うべきかを演算しました」

「その結果は？」

「結果が出ていません」

「そう、時機を逸《いっ》するよ」

「おめでとうございます」

森博嗣著作リスト

（二〇二三年四月現在、講談社刊）

◎S&Mシリーズ

すべてがFになる／冷たい密室と博士たち／笑わない数学者／詩的私的ジャック／封印再度／幻惑の死と使途／夏のレプリカ／今はもうない／数奇にして模型／有限と微小のパン

◎Vシリーズ

黒猫の三角／人形式モナリザ／月は幽咽のデバイス／夢・出逢い・魔性／魔剣天翔／恋恋蓮歩の演習／六人の超音波科学者／捩れ屋敷の利鈍／朽ちる散る落ちる／赤緑黒白

◎四季シリーズ

四季　春／四季　夏／四季　秋／四季　冬

◎Gシリーズ

ϕ《ファイ》は壊れたね／θ《シータ》は遊んでくれたよ／τ《タウ》になるまで待って／ε《イプシロン》に誓って／λ《ラムダ》に歯がない

／η《イータ》なのに夢のよう／目薬α《アルファ》で殺菌します／ジグβ《ベータ》は神ですか／キウイγ《ガンマ》は時計仕掛け／χ《カイ》の悲劇／ψ《プサイ》の悲劇

◎Xシリーズ

イナイ×イナイ／キラレ×キラレ／タカイ×タカイ／ムカシ×ムカシ／サイタ×サイタ／ダマシ×ダマシ

◎XXシリーズ

馬鹿と嘘の弓／歌の終わりは海／情景の殺人者（二〇二三年十月刊行予定）

◎百年シリーズ

女王の百年密室／迷宮百年の睡魔／赤目姫の潮解

◎ヴォイド・シェイパシリーズ

ヴォイド・シェイパ／ブラッド・スクーパ／スカル・ブレーカ／フォグ・ハイダ／マインド・クァンチャ

◎Wシリーズ

彼女は一人で歩くのか？／魔法の色を知っているか？／風は青海を渡るのか？／デボラ、眠っているのか？／私たちは生きているのか？／青白く輝く月を見たか？／ペガサスの解は虚栄か？／血か、死か、無か？／天空の矢はどこへ？／人間のように泣いたのか？

◎WWシリーズ

それでもデミアンは一人なのか？／神はいつ問われるのか？／キャサリンはどのように子供を産んだのか？／幽霊を創出したのは誰か？／君たちは絶滅危惧種なのか？／リアルの私はどこにいる？／君が見たのは誰の夢？（本書）

◎短編集

まどろみ消去／地球儀のスライス／今夜はパラシュート博物館へ／虚空の逆マトリクス／レタス・フライ／僕は秋子に借りがある　森博嗣自選短編集／どちらかが魔女　森博嗣シリーズ短編集

◎シリーズ外の小説

そして二人だけになった／探偵伯爵と僕／奥様はネットワーカ／カクレカラクリ／ゾラ・一撃・さようなら／銀河不動産の超越／喜嶋先生の静かな世界／トーマの心臓／実験的経験／オメガ城の惨劇

◎クリームシリーズ（エッセイ）

つぶやきのクリーム／つぼやきのテリーヌ／つぼねのカトリーヌ／ツンドラモンスーン／つぼみ茸ムース／つぶさにミルフィーユ／月夜のサラサーテ／つんつんブラザーズ／ツベルクリンムーチョ／追懐のコヨーテ／積み木シンドローム

◎その他

森博嗣のミステリィ工作室／100人の森博嗣／アイソパラメトリック／悪戯王子と猫の物語（ささきすばる氏との共著）／悠悠おもちゃライフ／人間は考えるFになる（土屋賢二氏との共著）／君の夢　僕の思考／議論の余地しかない／的を射る言葉／森博嗣の半熟セミナ　博士、質問があります！／庭園鉄道趣味　鉄道に乗れる庭／庭煙鉄道趣味　庭蒸気が走る毎日／DOG&DOLL／TRUCK&TROLL／森には森の風が吹く／森籠もりの日々／森遊びの日々／森語りの日々／森心地の日々／森メトリィの日々／アンチ整理術

☆詳しくは、ホームページ「森博嗣の浮遊工作室」を参照
(https://www.ne.jp/asahi/beat/non/mori/)

冒頭および作中各章の引用文は『2001年宇宙の旅』〔アーサー・C・クラーク著、伊藤典夫訳、ハヤカワ文庫〕によりました。

〈著者紹介〉
森 博嗣（もり・ひろし）
工学博士。1996年、『すべてがＦになる』（講談社文庫）で第１回メフィスト賞を受賞しデビュー。怜悧で知的な作風で人気を博する。「Ｓ＆Ｍシリーズ」「Ｖシリーズ」（共に講談社文庫）などのミステリィのほか『スカイ・クロラ』（中公文庫）などのＳＦ作品、エッセィ、新書も多数刊行。

君《きみ》が見《み》たのは誰《だれ》の夢《ゆめ》？
Whose Dream Did You See?

2023年４月14日　第１刷発行　定価はカバーに表示してあります

著者…………森《もり》 博嗣《ひろし》
©MORI Hiroshi 2023, Printed in Japan
発行者…………鈴木章一
発行所…………株式会社 講談社
〒112-8001 東京都文京区音羽2-12-21
編集03-5395-3510
販売03-5395-5817
業務03-5395-3615

KODANSHA

本文データ制作…………講談社デジタル製作
印刷…………株式会社広済堂ネクスト
製本…………株式会社国宝社
カバー印刷…………株式会社新藤慶昌堂
装丁フォーマット…………ムシカゴグラフィクス
本文フォーマット…………next door design
落丁本・乱丁本は購入書店名を明記のうえ、小社業務あてにお送りください。送料小社負担にてお取り替えいたします。なお、この本についてのお問い合わせは講談社文庫あてにお願いいたします。本書のコピー、スキャン、デジタル化等の無断複製は著作権法上での例外を除き禁じられています。本書を代行業者等の第三者に依頼してスキャンやデジタル化することはたとえ個人や家庭内の利用でも著作権法違反です。
ISBN978-4-06-530970-4　N.D.C.913　284p　15㎝

講談社タイガ

Wシリーズ

森 博嗣

彼女は一人で歩くのか？

Does She Walk Alone?

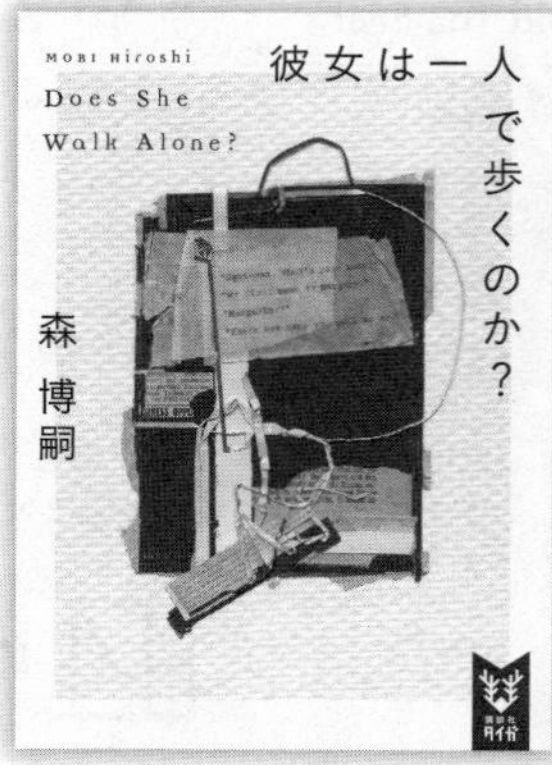

イラスト
引地 渉

ウォーカロン《walk-alone》。「単独歩行者」と呼ばれる、人工細胞で作られた生命体。人間との差はほとんどなく、容易に違いは識別できない。

研究者のハギリは、何者かに命を狙われた。心当たりはなかった。彼を保護しに来たウグイによると、ウォーカロンと人間を識別するためのハギリの研究成果が襲撃理由ではないかとのことだが。

人間性とは命とは何か問いかける、知性が予見する未来の物語。

講談社
タイガ

WWシリーズ

森 博嗣

それでもデミアンは一人なのか？

Still Does Demian Have Only One Brain?

photo
Jeanloup Sieff

楽器職人としてドイツに暮らすグアトの元に金髪で碧眼《へきがん》、長身の男が訪れた。日本の古いカタナを背負い、デミアンと名乗る彼は、グアトに「ロイディ」というロボットを探していると語った。

彼は軍事用に開発された特殊ウォーカロンで、プロジェクトが頓挫《とんざ》した際、廃棄を免《まぬが》れて逃走。ドイツ情報局によって追われる存在だった。知性を持った兵器・デミアンは、何を求めるのか？

講談社タイガ

《最新刊》

君が見たのは誰の夢？
Whose Dream Did You See?
森 博嗣

ドイツで受けた精密検査で未知のウィルスに感染している可能性があると診断されたロジは、詳しく調べるためグアトと共に日本へ帰国するが。

新情報続々更新中！

〈講談社タイガ HP〉
http://taiga.kodansha.co.jp
〈Twitter〉
@kodansha_taiga